CARTAS desde el ABISMO

CARTAS desde el ABISMO

ENRIQUE GARCÉS DE LOS FAYOS

NOUBOOKS

Noubooks / Ediciones Noufront
Vilar 4, 3-B
43800 VALLS
Tel. 977 603 337
Tarragona (España)
www.noubooks.es

Cartas desde el abismo

Diseño de cubierta e interior: www.produccioneditorial.com

ISBN: 978-84-123463-7-4

Prólogo

Cartas desde el abismo es una novela que refleja no solo la vida de María y sus sombras, sino la de muchos jóvenes que se aproximan al mundo de las drogas para experimentar nuevas sensaciones en búsqueda de una libertad mentirosa, que termina por destruir las emociones y cualquier sentido de vida.

Una vez que comencé a leer la historia de María no pude parar hasta el final, por la claridad del relato, los numerosos detalles, los paisajes que se me hacían muy familiares, y por la identificación en todos aquellos momentos de mi vida en que fui María, confundida, deslumbrada y más que nada *desnorteada*.

Quique logra narrar en la historia de la protagonista la necesidad de buscar nuevos horizontes como tabla de salvación, sin saber justamente que esa nueva tierra no le daría más, que aquello que ya conocía: exceso, destrucción, drogas, sexo y un sinsentido a cualquier chance de resignificar la vida, y crear un nuevo proyecto.

En este libro se describe mi hermoso país, de forma tan especial y real que hasta me asusta, que un murciano aventurero haya podido captar, en diez días de su estancia académica, la idiosincrasia de un pequeño país que es capaz de hechizar con su belleza a todas esas almas melancólicas, que se pierden en cualquier playa solitaria del este de Uruguay.

María no es la excepción, buscó en una playa hermosa y poco habitada, en donde el invierno es duro y a la vez encantador, José Ignacio el lugar para encontrar ese sentido de vida tan anhelado, pero lejos de eso, esta playa casi deshabitada fue el comienzo del fin.

Así es que María empieza a relacionarse con los lugareños y a experimentar todo aquello que la había hecho escapar de España. Esas amistades de la noche, donde la generosidad de los nuevos «amigos» es tan cara, que a la mañana siguiente no hay dinero que pueda pagar los agujeros en la autoestima.

Esa María empieza a adentrarnos en la necesidad de contar con esas personas que hacen de red y nos sostienen, cosa que María no encontró ni en España, ni en Uruguay, a excepción de Javier, su profesor, psicólogo, amigo y más…

Solo Javier era capaz de aliviar ese dolor que dejaban esas largas noches de locura y exceso, solo Javier era capaz de recibir con lujo de detalles esas largas cartas que dejaban ver como esa libertad desaparecía para dar lugar a la peor de las prisiones, la droga.

Pero esta novela no es una más de esas historias de personas adictas, personas recuperadas, o personas resilientes que transforman ese abismo en aprendizaje, ni tampoco hace alusión a estrategias para afrontar la adversidad de la droga, este libro lo que hace es reflejar el dolor de la droga, el olor al sexo, la desesperación de la soledad, el frío del desapego, el hambre de contención. Este libro te lleva a sentir, a conectar casi de forma vívida lo que fue el transcurrir de María en su búsqueda.

Tampoco Javier pretende dar una lección, acerca de acciones que un terapeuta tiene que hacer con su paciente, justamente es lo opuesto a lo que muchos manuales dicen. Javier fue hacia el encuentro con María, a la escucha, a la empatía, a ser ese amigo incondicional incapaz de juzgar, cualquiera de las situaciones transgresoras y límites que María compartía en cada carta. Javier decidió eso, salirse de cualquier rol para acompañar el desesperado pedido de ayuda de esta joven española en un país tan lejano como pequeño.

Y ahí también nuevamente me logro sentir identificada con Javier, con ese personaje que quiere acompañar y ayudar, escuchando relatos que a veces logran vulnerar todas las protecciones que los psicólogos nos «ponemos» para poder caminar y guiar a tanta gente.

Esta novela tiene eso, el lector se puede ir identificando con todos los personajes que van apareciendo, es tan dura como atrapante, es erótica como degradante, es transgresora como tradicional, es todo, es la vida. Por eso en mi vida frenética de madre, esposa, docente, psicóloga, amiga y persona, esta novela captó mi atención y mis sentidos que hizo que en tres días la devorara. Volvía de estar en la Copa Libertadores sub 20, con mi equipo Nacional y en el avión comenzó mi lectura, regresé después de 11 días sin ver a mis tres pequeños hijos, y en los pocos espacios que me quedaban libres, volvía a María y cada carta. Pero no fue solo el tiempo que me llevó leer la novela, sino todo lo que me dejó los días siguientes, ese torbellino de emociones, que iban desde la compasión hacia una joven adicta, hasta la envidia de atreverse a experimentar situaciones que mi control jamás hubiera permitido.

Luego de leer *Cartas desde el abismo*, parte de María quedó en mí, me hizo repensar que es lo que realmente anhelamos y si el costo de lograr eso que tanto buscamos realmente vale la pena.

Me hizo reflexionar en el amor y sus formas, de Javier, de Ros, de Mario. Y como a veces no alcanza con dar amor, sino con enseñar a amar y a veces eso implica alejarse de la persona amada. Nadie como Ros para dejar marcada esta enseñanza.

José Ignacio, no es el único lugar donde María transita su estancia en Uruguay, Montevideo, mi Montevideo toma un papel central, ciudad pequeña pero cosmopolita, que alberga más de un millón y medio de personas, en un país con poco más de tres millones. Una ciudad que tiene lugares escondidos, tan bellos como oscuros y justamente en ellos encontró su atractivo María, que nuevamente escapando, ahora de José Ignacio, cree encontrar en la capital un lugar para intentar centrarse y hallar un poco de paz. María se equivoca y Montevideo no es más que la puerta de entrada para la caída. Caída tan dura y cruel, que por más que Javier intenta hacerse sentir y Mario estar presente no es suficiente para que María encuentre el peor de los abismos.

Y justamente frente al final de muchos es el renacer o la liberación de otros, y eso es María, la que buscó la libertad, no sé si la encontró, lo dudo, pero su historia abre camino a otros.

Gracias Quique por hacerme este regalo de escribir tu prólogo que habla de esta dura e intensa historia en mi hermoso país.

Doctora Verónica Tutte
Profesora Titular
Directora del Departamento de Bienestar y Salud
Universidad Católica del Uruguay

"...tirada en cualquier sitio en donde dejo deambular mi muerte, mientras espero papelinas que aborten cualquier sentimiento de vida..."

Nota Preliminar

No es fácil novelar la vida de un ser real, lograr que la ficción supere su realidad. De hecho, a veces, aún dudo haberlo conseguido. Lo único que logré fue acompañar a María en su camino.

No es fácil adentrarse en la mente de una joven desde la perspectiva de vida que te da la madurez. María quiso regalarme su intimidad, permitiendo que me introdujera en ella, algunas veces como protagonista, otras invitándome, siendo mero espectador de sus desidias, en momentos amargos de búsqueda obsesiva de una libertad esquiva.

No es fácil reflejar el mundo de la droga, cuando se intenta desnudarlo de justificaciones juveniles, para mostrar sin censura los escenarios tan miserables en los que se movía María, lugares sin retorno, abocados a finales con escasa felicidad.

No es fácil describir con crudeza las relaciones sexuales que se mantienen en el entorno de este mundo de adicción. A veces he creado escenas duras a las que me he podido acercar con breves pinceladas, porque mi propia censura emocional me ha conducido a establecer límites infranqueables para no atormentar mi mente. Sin embargo, no he huido hacia otro lado. De hecho, siempre le he mantenido la mirada a la realidad, por dura que fuera, aunque haya venido cargada de lágrimas.

No es fácil relatar unos acontecimientos a través de una relación epistolar. Las cartas de María dieron vida a esta historia, permitiéndome construir un personaje en el que la ficción y la realidad quedaran separadas por fronteras tan frágiles que ni yo mismo supiera diferenciar.

Durante mi relación con María pretendí recorrer la senda que soñé para ella, mostrarle el mundo como un lugar maravilloso en el que ser feliz, ofrecerle cada día una colección de motivos para estar alegre, pero lo que cuenta es el resultado final. Lo que importa no es la intención, sino la acción. Por ello quiero compensar con gratitud lo que he aprendido con María. Ha sido una de las personas más bonitas que me ha regalado la vida. Ella me ha enseñado a saber perdonar, seguir hacia delante y tender una mano, descubriendo así la grandeza de su ser.

Desde esa gratitud hay que leer *Cartas desde el abismo*, que ojalá sirva para conocer, al menos, donde está el sendero que nunca se ha de cruzar, incluso cuando se nos ofrece una libertad, en apariencia inalcanzable por otros medios, que solo es la puerta trasera de una cárcel definitiva.

Siempre existe una alternativa para ser libre más allá de las drogas.

enero de 2018

—Lo que estás afirmando es que el viaje que voy a hacer a Uruguay durante, al menos, un año va a servir para estar igual que ahora o peor ¿correcto? —Su tono desafiante era frecuente, lo mantenía al observar que me hacía fuerte en mis argumentos.

—Más o menos —la miré serio mientras terminábamos de elegir la cena en el restaurante que tanto le gustaba.

—¿No vas a admitir la posibilidad de que te equivoques? ¿Que, para tu sorpresa, me haga más fuerte y madure en esta nueva situación?

—Cabría esa posibilidad si te hubieses encontrado en una encrucijada que te obligara a enfrentarte a esta nueva etapa que se abre en tu vida —hice una pausa y continué—: sin embargo, revelas sin darte cuenta que los objetivos que buscas no son coincidentes con los que manifiestas.

—¡Joder, Javier! Voy a una asociación que intenta integrar a chicos con problemas de inadaptación que…

— ¡Qué dices! — Interrumpí enfadado—. Eso ha sido debido al azar, la semana pasada ibas a cuidar tortugas que están próximas a desovar. ¡Te da igual tortugas que personas!

—¡Claro! Siempre que sea ayudar a la naturaleza, la sociedad, da igual —argumentó seria.

—Pues entonces quédate con lo que estás haciendo al lado de tu casa. ¿Acaso esas personas, con problemática psicológica, merecen menos atención por tu parte que los chicos uruguayos?

—Me atacas sin sentido. Sabes que aquí estoy anclada emocionalmente, necesito cambiar de ambiente.

—¿Qué necesitas cambiar? ¿Quizás...?

—Pues a lo peor todo. Lo mismo mi forma de ser está naufragando porque no tengo ni puta idea de por dónde continuar mi camino. Estoy perdida. ¿Acaso lo ignoras?

—Exacto, y a 10.000 kilómetros de aquí ¿te encontrarás? Es tan infantil tu planteamiento. ¿Por qué no denominas de forma correcta lo que estás haciendo?

—Dilo tú —su rostro estaba rígido, su ira al límite—, y de paso dime ¿qué coño tengo que hacer?

La conversación se fue endureciendo más.

Nos conocíamos desde siete años atrás, cuando con diecisiete entró a clase de la asignatura que yo impartía en la Universidad donde trabajo. Existía la confianza suficiente para decirnos las cosas con claridad, sin fisuras, con contundencia. Hacía tiempo que habíamos superado la relación profesor-alumna, y habíamos avanzado consolidando nuestra relación psicólogo-cliente. Nunca fue una relación profesional en sentido estricto. Teníamos la suerte de considerar que caminábamos unidos siendo amigos, "amigos especiales", a pesar de nuestras diferencias, tanto en edad como en nuestra forma de comprender y afrontar la vida.

—Se llama huir, María, huir de ti, de tu consumo descontrolado de alcohol y drogas, de las relaciones extrañas que entablas con hombres que ni tú misma eres capaz de explicar. Hasta de tu relación con Miguel que, muchas veces, no sé si es algo placentero para ti o una condena que has de cumplir siendo su novia —contemplé sus ojos con tristeza—. Así se llama lo que quieres hacer yendo a Uruguay.

—Está bien —se serenó—. En cualquier caso, me voy. Tal como te he comentado antes, me gustaría seguir manteniendo el contacto contigo, porque con independencia de quién tenga razón, yo te voy a necesitar.

—Me tienes desde aquel primer día de clase —me emocioné—, y seguirá siendo así.

Sellamos ese momento con un abrazo. Nos despedíamos. A los pocos días iniciaba ese incierto viaje a su futuro. Seguimos hablando, dejamos de lado el asunto que había tensado la conversación. Los dos sabíamos que cruzar sus líneas rojas, como había sucedido instantes antes, generaba una tensión que impedía el desarrollo normal de nuestra relación, siendo injusto, por mi parte, deteriorar lo que tanta ilusión le hacía: el viaje que me generaba inmensas dudas, y demasiadas preocupaciones.

La noche se fue alargando. Las risas, los abrazos y las muestras de cariño impregnaron de armonía el momento, era lógico que sucediera entre dos personas que habían aprendido a quererse, a pesar de las grandes diferencias y dificultades que les separaban.

En el contexto de la docencia, en el que llevo trabajando años, María fue la persona que más me impresionó. Me sorprendió que siendo tan joven tuviera tantas cosas claras y oscuras al mismo tiempo. Me preguntaba cómo era posible que se mostrara tan firme en cuestiones que, a la mayoría, le cuesta asimilar. Por ejemplo, su autonomía para vivir fuera del alcance de la influencia familiar y que, al mismo tiempo, no temiera el riesgo de las drogas, el alcohol y todo lo que conllevaba su consumo desde tan joven. Me confesó que a los catorce años se había iniciado en alguna de estas locuras, con borracheras que empezaron a ser demasiado frecuentes.

Recuerdo cuando me pidió, según avanzábamos nuestra relación, que la ayudase a regular su consumo de cannabis, la otra droga que se había instaurado en su vida desde temprana edad. No se trataba de dejar lo que tanto le gustaba, sino de fumar menos maría porque desde hacía no mucho tiempo había aumentado en exceso los petas que fumaba. También me acuerdo de mis absurdos intentos de comprender cómo alguien, con unos principios de libertad, de seguridad personal tan evidentes, algo desordenados, se dejase manipular tan fácil por tipos que solía conocer en fiestas de las que disfrutaba varias veces a la semana.

No era sencillo entender que aceptara mantener relaciones sexuales con desconocidos, porque una vez dado el paso de intimar con alguien, de acompañarlo a su casa, no se viera con fuerza suficiente para decir que no a algo que a ella no le apetecía. Nunca asociaba que esas situaciones coincidían con lo que ella denominaba grandes pelotazos. Presentaba un enorme interés en defender el consumo de drogas por encima de cualquier intento de prohibición. Se refería a esos momentos en los que había ingerido cantidades ingentes de alcohol, así como otras sustancias. Este consumo variaba en función de los grupos con los que se movía, del ambiente en el que se encontrara o, a veces, de los objetivos que persiguiera, casi nunca decididos por ella.

Cualquier colega profesional habría definido a María como un claro ejemplo de persona politoxicómana. Sin embargo, habría sido demasiado simple el diagnóstico. Desde luego, no habría alcanzado a comprender las dificultades tan profundas que cabalgaban a lo largo de su desarrollo vital.

Cuando, después de mucho tiempo, fui descubriendo su historia familiar, de pareja y de amigos, logré comprenderla mejor. En ningún momento pude encorsetarla como una persona inadaptada en una familia marginal, siguiendo el juicio clínico típico de los libros que versan acerca de la temática del uso y abuso de drogas.

No, me había adentrado en el intento de comprensión de los conflictos propios de una persona que maduraba a dos velocidades. De una parte, procuraba ser coherente cuando establecía relaciones que superaban el comportamiento esperado de otras personas de su edad. Así, podía justificar varios de sus encuentros sexuales, repetidos en algún caso, con hombres mayores que ella. Por otra parte, se mostraba infantil adoptando comportamientos rebeldes en los que, por ejemplo, perseguía acabar con el sistema político con una simple sentada delante del edificio de una institución, junto a tres o cuatro de sus colegas habituales.

Aprendí a conocerla, a quererla. Para mí fue un reto como alumna. Ella deseaba aprender más de lo que yo había previsto para aquel primer cuatrimestre, echándome a menudo pulsos profesionales en la evaluación y afrontamiento de sus problemas. Pulsos, que enriquecían mi forma de acceder a ella.

—¡Cuando te convencerás de que tengo un trastorno bipolar! —Exclamó con energía.

—María, no lo creo, porque ni en el espectro psicótico de la sintomatología, ni en el más neurótico, presentas los síntomas con claridad —hice una pausa—. Creo más bien que se trata de un desorden emocional, provocado por innumerables situaciones estresantes en tu devenir habitual.

—Sé que cuando estoy arriba me siento capaz de cualquier cosa, al igual que sucede en la fase maniaca. Sin embargo, después, padezco una gran necesidad de evadirme de este mundo y, en muchas ocasiones, desaparezco sin más.

—Sabes que los trastornos psicológicos se encuadran en grupos amplios que, a la fuerza, han de compartir síntomas. Ni siquiera cumplirías los criterios relacionados con el tiempo de padecimiento de los mismos.

—Bueno, a veces —sonrió eufórica, parecía que hubiese acertado la pregunta de un examen.

—Es más —seguí con mis argumentos para desmontar su propuesta diagnóstica, sin atender a su "alegría"—, el hecho de consumir con regularidad alcohol y otras drogas, imposibilita realizar un diagnóstico limpio de trastorno bipolar.

—Eres un cabezón, Javier —dijo sonriendo, acariciándome la mano con la que sujetaba la taza de café que estaba tomando.

—De todas formas, si quieres ese diagnóstico ve a tu médico de familia, hazle un resumen de tu historia. Con un poco de suerte lo conseguirás con facilidad. Ya sabes lo que te espera a continuación.

—¿Qué me espera? —Preguntó con cierto tono desafiante.

—Pues toda una batería de pastillas para estabilizar el ánimo. Supongo que, de entrada, litio para disminuir la activación y, después, antidepresivos para aumentarla. Cuidado, porque en tu caso, las fases se intercambiarían con tal rapidez que, si no los tomas bien, los efectos podrían ser contraproducentes —volví a tomar la taza de café, bebí un poco y la dejé en la mesa—. Además, seguirías con los antipsicóticos para las crisis agudas de manía, y los ansiolíticos para la ansiedad generalizada que, con esta prescripción de medicamentos, seguro que se incrementaría.

—¡Vale! —Exclamó derrotada—. No sé quién está peor de los dos. Yo, con mi trastorno bipolar, o tú, con tu trastorno obsesivo compulsivo, con ese perfeccionismo que un día te matará.

Los dos reímos la ocurrencia, porque algo que no he comentado de María, es que su espontaneidad la convertía en un ser especial. Por eso lo que más aprendí con ella fue a quererla y contemplarla como el ser humano extraordinario que era. Aunque tenía características que se pueden encontrar en otras personas, en ella se observaban de forma más contundente. Liberal en sus comportamientos, al tiempo que respetuosa con cualquier opción ideológica, sexual o religiosa. Incluso aquellas actitudes que no encajaban en su forma de entender la vida, que podían llegar a ser manifiestamente negativas en otras personas, las explicaba y justificaba diciendo que pertenecían a individuos que habían tomado decisiones equivocadas, sin ser conscientes de su error. La presunción de bondad en el ser humano superaba su propia bondad.

Una persona sincera hasta el límite de lo problemático. Ni siquiera admitía la mentira piadosa, que la hubiese librado de conflictos por describir asuntos íntimos que cualquiera hubiese ocultado, o emitir juicios personales, que discutía con tal vehemencia que le hacían víctima de crueles batallas en defensa de sus ideales.

En definitiva, un espíritu inquieto que le llevó a deambular por distintas ciudades hasta alcanzar su graduación como psicóloga. Ya con 24 años, a punto de ir a América para continuar con su búsqueda, *encuentro consigo misma*, o no sé bien qué, me preguntaba si sus conductas se podían calificar de inadaptadas, inmaduras, producidas por consumo de drogas, o consecuencia de una vida desordenada. Nunca fui capaz de responder con certeza a esas dudas. Ni tan siquiera a si su continuo trasiego por distintas ciudades fue la causa que agudizó su problema. En aquel momento, mi único objetivo era hacerle desistir de su aventura en Uruguay porque sabía que podía suponer su caída definitiva.

Su sensibilidad, relacionada con los momentos frecuentes en los que su inestabilidad emocional la sumían en situaciones cargadas de melancolía, se reflejaba en bellos poemas escritos frente al mar, lugar que tanto ansiaba y elegía cada vez que necesitaba aire nuevo para sobrevivir. Al menos una cosa iba a lograr: mar tendría mucho en Uruguay, me alegraba pensar que así sería. Quizás, que ella naciera en una localidad costera le influyó. Su amor por ese mar, y por disponer de un barco con el que surcar los mares en un futuro, constituía su gran ilusión.

Conforme fuimos intimando desaparecieron los secretos, pasé a ser protagonista en su vida. Esa fue la razón que tanto nos unió, y por la que ella se apoyó en mí cada vez que necesitaba una válvula de escape, cuando alguna situación relacionada con su conducta sexual le influía demasiado. Recuerdo su facilidad para mantener encuentros sexuales que, aun no siendo satisfactorios, apenas le causaban carga emocional negativa. Sin embargo, el hecho de que pudiesen darse cuando estaba intentando consolidar su relación con Miguel, le generaba evidente malestar.

Nunca tuvo una pareja a la que no le hubiese sido infiel. Resultaba llamativo, porque no se trataba de la infidelidad por causa de otro deseo o atracción surgida de repente, sino que podría pensarse en ello como una conducta de solidaridad con el necesario actor de la situación. Eso, de difícil comprensión para cualquier persona que quisiese entablar una relación de futuro con María, le permitía solventar de forma airosa el escaso sentimiento de culpa que le generaba lo acontecido. Al no existir enganche emocional con ninguno de los tipos con los que se relacionó, tampoco le resultaba difícil borrarlos de su vida con la máxima inmediatez.

Fascinante.

En definitiva, se marchaba a Uruguay. Lo dejaba todo, su trabajo, sus amigos, su pareja, su familia, para ir a ayudar a chicos con problemas de inadaptación. Curiosa vida esta que, irónica, permite a personas con problemas no menos desadaptativos en muchas ocasiones, ir a ofrecer ayuda a otras con casuísticas similares. Quién sabe, hasta podría ser positivo. Desde luego era lo que yo deseaba, sin confiar demasiado en el éxito de esta posibilidad.

Quedamos en mantener el contacto. Lo habría mantenido, aunque ella no me lo hubiese pedido, porque esta situación me llenaba de preocupación. Llevo tiempo intentando comprender al ser humano y he llegado a una conclusión: que las personas, hagan lo que hagan, bueno o malo, son extraordinarias. Desde esta situación anómala que supone el mismo hecho de ser extraordinario, es imposible prever qué puede ocurrir en cada momento.

Ante esta realidad aprendí a aprehender las sensaciones que las personas, con dificultades emocionales, transmiten de forma inconsciente. Sin saber explicar su causa, porque son sensaciones sin más, las que desprendía María en esta ocasión me resultaban inquietantes.

enero de 2018

A veces cuando siento la necesidad de hablar de mí, se me ocurre empezar señalando esa edad maldita, que va apoderándose de mi vida a pasos agigantados. Es entonces cuando asumo que cumplí los 50 años hace tiempo. Otras veces, creo que es mejor presentarme de acuerdo a mi profesión, pues soy en buena medida el resultado de ello. Psicólogo, profesor de Universidad. Mi labor terapéutica ha ocasionado que, en innumerables ocasiones, los problemas de los pacientes hayan calado hondo en mi quehacer diario, en mi forma de pensar, lo que me ha empujado a distanciarme de ellos para no sufrir, y eso mismo me ocurría con María.

Ahora que lo pienso, quizás la mejor manera de decir quién soy sea esa, desde la amistad que nos une. No un amigo cualquiera, sino el amigo que se fue creando conforme superábamos fases, o eliminábamos capas de una relación que sabíamos compleja. Cuando la conocí con 17 años, era una joven que comenzaba sus estudios. Su primera clase fue en mi aula.

Así quiso el destino que fuese nuestro primer encuentro. A veces pensamos que hablar de un primer y siguientes encuentros no tiene sentido una vez que se dio el primero. No es verdad, porque ella es similar al río Guadiana, que aparece y desaparece, siguiendo su esquivo curso. Cada vez que María se cruzaba en mi vida suponía un nuevo encuentro, diferente al primero, sin la continuidad requerida en cualquier relación de amistad. La nuestra se afianzaba a través de saltos irregulares.

Tras ser alumna de mi asignatura, empezó a contarme diferentes problemas que le afectaban en su vida cotidiana. De repente, me vi ante una niña que no era tan niña, o ante una mujer que, no siéndolo del todo, aparentaba una madurez no acorde con su edad. Me equivoqué. No era una niña, era una mujer joven, inmadura, llena de complejos, de conflictos que la atenazaban en sus relaciones personales, en especial en las más íntimas, sin tener claro qué senda continuar.

Hizo falta una primera vez para que ella se sincerara conmigo, me planteara todas sus dudas, e intentara convencerme de que necesitaba mi ayuda para resolver su futuro más inmediato. Desde mi perspectiva nunca fue una relación profesional, porque nunca fue constante en sus citas como *paciente*, lo que hizo casi imposible establecer una intervención específica. No existía una relación contractual de por medio, ni siquiera hablábamos de terapia en sentido estricto. Un día, conversando con ella, después de estar varios meses sin tener noticias suyas, fiel a su impulso viajero, descubrí que nos habíamos adentrado en la tercera fase, la de la amistad. Me lo mostró ella, con la belleza propia que solo pueden ofrecer personas con el alma limpia.

—¡Qué a gusto estoy contigo! Parece que nos hubiésemos visto hace unos días —se mostró muy alegre.

—Es verdad, y eso que ha pasado más de un año desde la última vez que estuviste aquí.

—Es bonito. Al principio venía nerviosa a tu despacho, a ver al profesor, con lo que eso impone a una adolescente.

—Lo recuerdo —sonreí.

—Después no creas que fue mejor. Eras mi psicólogo, sabía entonces que me esperaba una buena bronca cada vez que nos veíamos.

—Mujer, una bronca…

—Merecida —interrumpió más con su sonrisa que con las palabras—. ¿Sabes en qué noto ahora la diferencia, Javier?

—¿En qué?

—En los abrazos. En el temblor que siento en mi cuerpo durante los primeros segundos, que es el tiempo que tarda el alma en reconstituirse entre tus brazos, y la serenidad que me inunda al final del mismo —hizo una pausa mirándome con la dulzura que ella podía trasmitir—. ¡Claro! Ahora somos amigos y nos queremos.

Desde esta perspectiva entendí lo que necesitaba de mí. Que la escuchara. Tenerme en cualquier momento. Había pasado por ser querida, amada, utilizada, abandonada, arrastrada por las miserias que existen en lugares, donde los más jóvenes creen encontrar la paz y felicidad, que viene servida en dosis, en papelinas o recubierta en una hierba que promete saciar grandes anhelos. En esa fase se encuadra el momento en el que sucedió el contenido de estas páginas.

Sabía que existía una fase más, no intenté cruzarla, mi destino se dibujó con tanta amargura que no me dejó ver más allá o, quizás, fuese este el que quiso jugar conmigo cartas más profesionales, menos lúdicas, con menos carga de placer, sin ninguna aportación de sentimientos, tan profundos como el amor.

Amor y amargura.

Amargura, porque ese era el estado en el que estaba desde que había perdido la mujer con la que decidí caminar mi vida. Existe por ahí un Gigante, acerca del que canta el grupo musical Maldita Nerea que, en efecto, la arrasó, me arrasó y arrastró hacia un limbo en el que ignorar hasta el sentido de las cosas. No terminé de perder la conciencia de lo que suponía vivir, porque unos hijos que sacar adelante no permitían esa clase de dispendios emocionales.

Con esa melancolía la recibí cuando atravesábamos esa nueva capa de nuestra relación. Buena parte de ella se canalizó, se sublimó como dicen mis colegas, en otra amargura, aquella que empezó a provocarme un ser tan joven. Apenas alcanzaba los dieciocho años. Alguien especial, que había dejado escapar su belleza interna, ignorando cuáles eran los límites de su oscuridad. A pesar de ello, lo lúgubre dejaba de tener sentido cada vez que ella me sonreía y me acogía en sus brazos.

El primer abrazo me regaló las claves para valorar lo existencial del contacto humano, ese que puede superar cualquier dimensión conocida. No sabría describirlo, cuando llegaba a mi despacho, a la cafetería, o al restaurante donde quedábamos para seguir hablando, viviendo la sensación de su cuerpo unido al mío, más allá de lo físico, convirtiéndose en realidad, en luz, en futuro.

No sé a qué tuve miedo. ¿Por qué no crucé esa última línea que nos separaba?

Pasados estos años tengo la absoluta certeza del poder, de la magia que envuelve el encuentro entre almas que se cruzan en el transcurso de sus propias soledades. Varios segundos sin hablar, quizás un minuto, solo abrazados. Después aparecerían las sonrisas, los diálogos, los secretos, las confidencias, los enfados, las disculpas y la reconciliación, cuando nuestras almas se reconstruían a través de ese abrazo iniciático. Un abrazo deshecho en el miedo a no hacer lo correcto.

Provocó en mí un cambio. Me hizo sentir bien. María desprendía vida, me la regalaba con su presencia. Sin embargo, la relación con ella fue dura. Nunca dejé de exigirle los planteamientos más fuertes, más intransigentes, más contundentes que encontraba, en una lucha inútil contra sus excesos de alcohol y drogas. Inútil porque era imposible hacerle ver el daño que ella misma se provocaba ante consumos que disfrazaba de placer, a los que no quería renunciar porque su libertad le impedía claudicar. Consideraba que los demás intentábamos imponerle nuestros criterios. Cuando incidía en el malestar, no ya físico, sino psicológico, me encontraba con una barrera donde prefirió mantener su aparente solidez, aunque esta le condujera por senderos esquivos, cargados de suciedad, antes que aproximarse al bienestar que intentaba, de manera irracional, lograr para ella.

Fue absurdo intentar comprender su mundo desde la simpleza del mío. Pensar que sería suficiente con argumentar acerca de los efectos negativos del consumo de drogas. Debía haber tocado su alma para entenderla, quizás entonces razonaría a favor de horizontes más bellos. Siempre me he preguntado si, a pesar de indagar tanto en su vida, lo hice bien. A tiempo desde luego no lo logré.

Mientras, nuestra relación continuaba. Pude descubrir que, más allá de sus abrazos, existía una sonrisa de color azul celeste, o azul mar, no sabría definirlo bien, que enmarcaba momentos de felicidad, menos de los que hubiese deseado, en los que ella me cautivó, me sedujo y me dejé orientar a través de su alma. Puede parecer extraño, pero esa sonrisa fue para mí la llave de la comprensión, la que me indicaba en cada momento el estado emocional que predominaba, la necesidad que me transmitía sus deseos, incluso los más ocultos, por dónde marchaba la senda que intentaba crear en su vida.

La contemplaba con devoción.

Fueron pocos los que apreciaron esa sonrisa. Ella sonreía, más bien reía, y, de vez en cuando, dejaba escapar una mueca que hablaba sin palabras, argumentaba sin sonidos, marcando, sin esperarlo, a quien estaba con ella, desconociendo qué podía suceder a continuación. Una sonrisa dañada por momentos de euforia mal concebidos, o por personas que abusan de su bondad, que no le dan lo que solicita, lo que grita sin que se escuche, lo que desea para poder seguir sintiendo el latido de cosas que para ella tienen un significado, que pocas veces encuentra.

Una sonrisa mágica que terminó por convertir nuestra relación en algo diferente. No había capas que arrancar, cada día comprendíamos que estábamos en una nueva fase, difícil de definir de forma concreta. Por eso llegó un día en el que no supe, o no quise saber, qué era con exactitud lo que me unía a María.

Así fui construyendo los últimos años de mi vida. A través de ella. Por eso, cuando intento definir quién soy, no puedo hacerlo si no es a partir de mi relación con ella, con su rol en mi vida, o analizando cómo camina mi existencia en la senda que he decidido continuar más allá de María.

¿Por qué, sin tenerla presente, hablo tanto de ella cuando debería hablar de mí? Porque en la historia que se relata en las cartas que hilvanaron nuestra relación durante los dos últimos años, adquiero algún sentido si ella existe, si tengo algo que decir en su caminar y, sobre todo, si aprendía de ella. No he dejado de sentir en ningún momento la presencia de su juventud indolente, salvaje y apetecible en una vida que, como la mía, en desuso, optó por un caminar tranquilo, procurando no cometer más errores de los que mi edad había de permitirme.

Es su historia, en forma de cartas llenas de vida, la que me sirvió más allá del intento continuado de aportarle el apoyo que reclamaba. Y al mismo tiempo, estoy convencido que María, sin esperarlo, logró que yo fuese creciendo con más serenidad. Sin embargo, tener que atender a mi nuevo renacer impidió que estuviese más atento a los detalles. Quizás, las veces que ella me anunció nuevas papelinas de terror, nuevos tiros directos al alma, miré en otra dirección.

No es el momento de defenderme ante una acusación inexistente, ante una demanda que ella nunca me habría hecho. Aun así, necesito recordar aquel tiempo, cuando salía de una pérdida imposible, y buscaba en otros cuerpos la resignación del sinsentido, el encuentro con el placer liberador de tantos males. ¿Y yo era capaz de reprochar a María que no fuese más coherente? No he olvidado cuando me transformé en un simple manipulador de almas. ¿Cuántas lágrimas dejé por el camino en mujeres que quisieron amarme y yo me resistía, a pesar de haber tenido sus cuerpos retozando con el mío?

Me resulta tan fácil amar que el pánico a enamorarme ha estado presente desde aquel fatídico día. Por eso he reprimido tantas emociones encontradas, he seguido caminando por la vida, buscando la posibilidad de expandir un presente, sin la urgencia que me habían enseñado desde que era un niño. Comprendí que debía dejar que la vida me viviera, porque de lo contrario llegaría a abrumarla y, entonces, podría desesperarse conmigo. Algo así me estaba sucediendo cuando María me encontró.

De esta forma llegué al último instante con ella. Acudió a mi despacho para despedirse, porque en breve iniciaba una nueva aventura profesional y personal. Se marchaba a Uruguay a trabajar en una asociación de adolescentes inadaptados. Mientras hablábamos de las cartas que nos escribiríamos para seguir manteniendo el contacto, nos dimos el que sería nuestro último abrazo. De nuevo los breves, eternos segundos de dos cuerpos unidos, saciando el deseo de unas almas mudas, temerosas, demasiado perdidas.

Desde entonces, recordé cada día con obsesión cuando nuestros cuerpos se fundieron, abarcados por unos brazos que hubiesen deseado no desunirse nunca. Sentí algo más que el cariño entre amigos.

Lo único que puedo afirmar es que aquellas almas no se saciaron.

febrero de 2018

—Si prefieres que sea ese el contacto, sabes que estaré de igual forma y lo haré como planteas —afirmé.

—Utilizaré el correo electrónico, fotos que te enviaré por WhatsApp, Instagram o Facebook, o por el medio que sea. Pero serán cartas escritas a mano —sonrió.

—Y yo te contestaré a través de una carta, ¿correcto? —Pregunté aún sorprendido por no preferir algún otro medio más inmediato.

—Tú puedes hacerlo de otra forma —hizo una pausa—, aunque a mí me gustaría ver las palabras tal cual salen de tu mano.

—No cambiarás nunca —sonreí—. Más personal. ¿Se trata de eso?

—Eso también. Tengo la sensación de que podré interpretar mejor tus respuestas, y de la misma manera te sucederá a ti. Así veremos nuestras palabras como en realidad son, y no de una forma impersonal y vacía.

—¿Y Skype, en algún momento, para vernos las caras?

—Puede ser, si bien piensa que, entre los cambios horarios entre España y Uruguay, mis ocupaciones y las tuyas, poder coincidir será casi imposible —rió con la dulzura que recordaba desde que la conocí—. De todas formas, está esa posibilidad y el teléfono, claro.

—Vale, recrearemos una nueva forma de comunicarnos —reí, mientras la abrazaba—. Una relación epistolar como las que se mantenían en siglos pasados —ambos sonreímos y ajustamos más ese abrazo para que fuera de los que alimentaran nuestras almas.

Sabía que era el último, antes de que marchara, y quería retenerla junto a mí el máximo tiempo posible. No era igual que otras veces, desapareciendo para volver a aparecer meses después. Ahora, caso de reaparecer, quizás sería después de mucho tiempo, y lo que quedara de nosotros, a pesar de que fuera con cariño, ya no permitiría tales abrazos. Sí, merecía el esfuerzo tenerla a mi lado, sentir a través de su cuerpo su fortaleza y debilidad, su cercanía y distancia, su amor e indiferencia, en definitiva, lo que ocurría alrededor de su vida.

Así se marchó de mi despacho, habiéndome pedido antes que no dejara de estar en contacto con ella. No lo planteó de manera explícita, sé que deseaba tenerme cerca para poder contarme sus momentos de angustia, aquellos en los que pudiese caer. Saber que, como había ocurrido en los años anteriores, podría escribir en una carta lo que sintiera, y que ésta llegaría a mí para ayudarle. Nunca le fallaría, le propondría posibles soluciones, alternativas, consejos o lo que necesitara en cada momento.

Sabíamos que mis respuestas no serían demasiado relevantes, aunque le hiciesen pensar cuando las pusiera frente a ella, y no estuviese de acuerdo con lo que me planteara. Después de asumir mi enfado, volvería a actuar en libertad. Siempre había sido así. Tenía la certeza de que estar ahí, al otro lado, le procuraría la tranquilidad y serenidad que necesitaba. Por eso no dejé de responder ninguna de sus cartas, todas escritas a mano y, tras fotografiarlas, enviadas a su móvil, para que mi respuesta no se demorase, a pesar de que ella no mantenía la misma inmediatez. Sé que no podía.

Esa fue la razón de querer reunir todas las cartas que me envió desde Uruguay, prescindiendo de mis respuestas, ya que éstas en sí no eran relevantes. Lo importante era lo que ella quería expresar porque, como alguna vez habíamos discutido, no se trataba de que le corrigiera nada, sino la necesidad de sentirme a su lado mientras intentaba construir una vida. Eso es lo que delatan esas cartas, el enorme esfuerzo por hacer crecer su vida.

¡Aquel día!

—No soy nadie y no sé qué hago enfadándome contigo —argumentaba una noche en la que describía sus excesos en una fiesta reciente, consumiendo varias drogas y mucho alcohol.

—¡Claro que eres alguien! Eres una de las personas más importantes en mi vida, pero no debes intentar ser mi padre.

—¡Joder María, no lo intento!, ¿qué hago cuando oigo lo que me cuentas? ¿Te aplaudo porque estás batiendo un record asumiendo riesgos con la mierda que te metes?

Me desbordaba su forma de actuar ante la vida, apoyándose en el alcohol y las drogas para sentirse querida, ser alguien en la reunión de amigos, o para pasarlo bien en la fiesta en la que estuviera. Podía hablarle con esa dureza porque sabía que deseaba su bien, intentando cambiar algunos hábitos equivocados. Me lo permitía hasta un límite, a partir del cual se enfadaba conmigo, se bloqueaba, siendo imposible seguir hablando del asunto. Establecía líneas rojas que, caso de atreverme a cruzarlas, podía suponer un coste excesivo en cuanto a demostración de sentimientos, de los cuáles la mayoría saldrían heridos.

—No, es tan fácil como decirme que está mal y ya —me contempló seria.

—¿Ya está? Te informo que está mal lo que haces, que tú sabes bien que es así, ¿y seguimos hablando del último partido de fútbol, o de las últimas noticias como si tal cosa? ¿Es eso lo que debo hacer?

—No Javier, lo dices y ya está. Yo lo pensaré, sabré que te ha dolido, que buscas mi bienestar y, aunque soy débil, creeré que puedo mejorar.

Débil, sincera, buena, auténtica. Un ser maravilloso con el que era imposible acabar enfadado. Nos disculpábamos y continuaba la velada.

Eso recordaba cuando la vi marchar y quedé esperando la primera de sus cartas. Casi una por mes de los que estuvo en Uruguay. En principio su idea era estar un año de voluntaria en la asociación, si bien los acontecimientos que sucedieron fueron prolongando su estancia allí casi dos años.

La recopilación de las cartas, ordenadas tal como las recibí, fue descubriéndome una realidad que presentía, desde luego no en la forma en la que fue desarrollándose. Sabía, por su historia vital, que sería difícil que modificara su manera de entender la vida. El viaje, que intentaba ser la razón para encontrar un sentido, después de demasiados errores, esperados o no, se convirtió al final en una senda compleja, difícil de asimilar si no pertenecías al mundo de María. Un viaje de imposible retorno.

Una senda de drogas y destrucción, que se podrá apreciar leyendo y analizando el contenido de cada una de las cartas. Las he releído en multitud de ocasiones y cada vez descubro algo nuevo. No me arrepiento de haber dejado al margen mis respuestas, porque hubiesen ensuciado la esencia de algo tan puro, la vida de un ser humano. Una vida censurable, enjuiciable sin duda, en cualquier caso, la vida que pertenecía a María.

Me acordé de lo que me enseñó mi profesor de literatura cuando apenas tenía 15 años, y nos decía que los libros se han de leer conociendo el final. Nos reveló entonces, al principio de la lectura del Quijote, que el protagonista moría al final de la novela. No entendimos una condena de tamaña crueldad. Era la primera vez que afrontábamos una lectura tan extensa conociendo desde el inicio el devenir del personaje. Tenía un motivo, nunca lo olvidé, y era que si no nos lo hubiese contado habríamos estado tan pendiente de él que no hubiésemos disfrutado la demencia de una persona tan cuerdamente loca.

Yo no contaré el final.

Las cartas se presentan en orden. Por lo demás, estando de acuerdo con mi viejo profesor de literatura, considero que sirven para apreciar la belleza de una locura, que por momentos es tan difícil de considerar lúcida. Creo que es importante anticipar algunas cuestiones si se quiere llegar a entender la excepcionalidad de esa vida en Uruguay.

Las cartas son la consecuencia catártica de alguien que, intentando con ahínco limpiar su alma, volcaba en las mismas toda su ansiedad y angustia, sabiéndose incapaz de lograr esa pulcritud. No deseo ningún protagonismo, pues ni lo tengo ni lo busco, sí recordar que en alguna de mis respuestas le insistí en que su alma era limpia y no podía ensuciarla si era capaz de perdonarse. No había que rendir cuentas ante nadie, aun así, creo que nunca logró su propio perdón. A veces ella creía que sí, lo hacía bajo los efectos anestésicos de unas drogas que la mantenían menos alerta de lo que hubiese necesitado.

Todas contenían confesiones cargadas de arrepentimiento por no haber logrado lo que buscaba en determinados momentos. Tampoco fue capaz de comprender que el arrepentimiento tiene sentido cuando se hace algo mal, con la intención de dañar. En ella eso era imposible. El hecho de continuar con su descontrol en cuanto a hábitos negativos, organizando su vida mal, procurándose relaciones íntimas que no le enriquecían, es algo que estaba fuera de toda duda, si bien eso es lo menos relevante. Lo más importante fue contemplarla, porque a través de la viveza de sus cartas se puede observar cada instante de ella en esas situaciones, siendo lo más bonito que María nos regalaba. Cómo lo percibía antes de que ocurriera, cómo se sentía cuando sucedía, o cómo lo afrontaba después era su verdadera lección de vida, y creo que lo será para quien sepa apreciar su alma a través de estas cartas.

En todas ellas me solicitaba ayuda, podía ser explícita o no. Intentando comprender qué se ocultaba en cada una de las oraciones, de sus palabras, procuraba responderle, no como hubiese deseado, sino como entendía que debía hacerlo si quería ayudarle. María me contaba lo que estimaba conveniente, lo que le preocupaba, o reflexiones de alguna cuestión de su vida, y yo respondía. Así se inició nuestra nueva relación, porque a pesar de que las cartas no guardaban un ritmo de frecuencia constante, creo que nos mantenían unidos a la espera de la siguiente, al menos yo me mantuve unido a su vida, expectante, a la espera de que volviese a hablarme.

En ningún instante alteré sus tiempos, porque desde siempre necesitó surgir de su mar confuso cada vez que lo consideró conveniente. A veces podía desaparecer meses, otras veces en cambio escribía varias cartas en pocas semanas. Respetar este ritmo de entrega supuso comprender mejor qué emociones estaban gobernando su vida, cada vez que se situaba delante de un papel para expresar con palabras lo que caminaba por su mente. Eso me ayudó a ser eficaz en mis respuestas. Sincero, amistoso, eficiente, porque es lo que requería esta relación epistolar. Si lo fui o no, no lo sé, aun me quedan grandes dudas que intento solventar cuando las vuelvo a leer.

Las cartas que se reproducen a continuación, sin alteración alguna de contenido, son una realidad que encuadra la vida de María. Suponen un todo, sólido, férreo, una línea clara que enmarca la vida que decidió seguir para lograr el encuadre asumido. Hay pasajes duros, son momentos que ella vivió y no podía eliminarlos. Es cierto que en ocasiones lo llegué a valorar.

Se presentan desde mi punto de vista. Como yo las entendí. Me parecieron una senda de drogas y destrucción, por ese orden, en dos partes diferenciadas, continuas en el tiempo. Al igual que las dos caras de una misma moneda, si bien aquí se aprecia el principio y el final que, esperado o no, es el que ella decidió.

Por último, una curiosidad. Cada una de las cartas tiene un título. Al preguntarle en mi respuesta a una de las últimas acerca del porqué, me aclaró el sentido de muchas cosas…

"*Cada carta tiene el título de esa palabra que me hace temblar al escribirte, la única que podía romper las reticencias a hacerlo. Cada título tiene una palabra, en la mayoría de los casos dura, fea, obscena, porque así me sentía en el momento de escribirla. Lo más importante es que cada carta tiene un título en el que encontrarás la palabra que me hacía sentir pequeña cuando te hablaba, porque en cada palabra escrita, en cada carta hablada, he intentado transmitirte sentimientos, y demostrar lo que te quería, a pesar de tener mi alma tan sucia en ocasiones*".

¡Qué torpe llegué a ser! ¿Si hubiese preguntado eso mismo en la primera carta, nuestra relación epistolar hubiese sido igual? ¿Y si no hubiese sabido desde el inicio que Don Quijote moría, su vida me habría apasionado tanto?

Eran palabras cargadas de sentimientos y, en demasiados casos, eran palabras heridas de gravedad.

PRIMERA PARTE

Drogas, Abismo

Infiel, *marzo de 2018*

Mi primera carta, y se me hace complicado escribirte, poder plasmar esas cosas que después tanta rabia me producen. Sigo siendo incapaz de mostrar ira conmigo antes de que aparezca la tentación de volver a equivocarme. Volcar en papel lo que siento no es complicado, sabes que lo he hecho, que me he refugiado en palabras cada vez que necesité gritar fuerte lo mal que estaba. Debes tener muchas, porque eres a quien más le he escrito, con quién más me he desnudado.

Lo que me resulta difícil es no poder mirarte mientras te cuento lo que siento, como he hecho en tantas ocasiones en tu despacho, tomando café o paseando. Una vez que decidí irme tan lejos acepté que tendría que ser así, lo asumiré, lo aceptaré y lo sufriré. Podría utilizar el teléfono o el ordenador, aunque puedo expresar lo que anida en mi corazón si lo escribo, si te lo escribo a ti, incluso siendo tan doloroso.

En esta carta, la primera desde que partí, no puedo empezar diciéndote que estoy bien. Me gustaría contarte que acaricio tus consejos, que los hago míos y pongo en marcha estrategias que me ayudan a salir de los líos en los que sigo metiéndome. No puedo porque mentiría, porque no reconocería que no te hago caso, que sé que tienes razón, que al final pueden más otros impulsos.

Como imaginarás, sigo siendo infiel, sigo maltratando a mi pareja. Pareciera que no me importara, y algo que tengo claro es que lo quiero. No deseo hacerle daño. Cada vez que le pongo los cuernos me rindo ante él porque, aún arrepentida, no puedo garantizarle no volver a equivocarme y, con dolor, le suplico "déjame". Y no consigo entender por qué no me manda a la mierda de una vez. ¡Lo aguanta todo! Por no perderme, prefiere seguir pasando página, sabiendo que el libro es enorme y que esas sucias páginas no terminarán nunca. Sé que no es posible seguir así, que no tenemos una relación sana, que estamos cada vez peor, no solo entre nosotros, sino también cada uno por su lado.

Javier, han sido muchas las veces que le he sido infiel. Desde que he venido a este lugar no he dejado de hacerlo, porque no he querido cambiar nada. Lo que me duele y le duele sigue ahí. No sé ni siquiera si quiero, ni si soy capaz de actuar de otra manera.

Ayer fui a pasear por una playa cercana a mi nueva casa y recordé momentos imposibles de soportar por alguien normal. Sé que sirve para torturarme, tú muchas veces me has dicho que no lo puedo evaluar desde esa perspectiva. Nunca te hice caso. Ignoro si por torturarme, por analizarlo o porque no sé hacerlo de otra forma, me dediqué a encontrar imágenes en las que he mostrado la peor versión de mí misma. Tú conoces la mayoría de ellas.

Las imágenes acudían a mi cabeza para hacerme revivir, por ejemplo, aquella noche que, ida en exceso, fui capaz de liarme con un tío y, poco rato después, ponerle los cuernos con su amigo, en el mismo piso, pasando por diferentes habitaciones. Cada uno esperando la parte del botín que esa noche había logrado. Estoy convencida que ni siquiera les importó compartirme; es más, quizá hasta les puso más cachondos. Esa actitud en ellos, similar a la de tantos otros que han pasado por mi cuerpo, ya no me afecta demasiado.

¿Sabes qué es lo más duro en esos momentos? ¿Lo más difícil, lo más triste, lo que más me cuesta digerir después? No ser capaz de elegir las imágenes de sexo que, al fin y al cabo, debieron ser placenteras, o el momento de después, el de sentirme culpable, intentando resarcirme de algo mal hecho. No, lo que veía en mí eran risas, risas sin sentido, por todo y por nada, risas de una loca, donde el placer se reducía a no pensar.

Es duro rememorarlo. Pensé, por ejemplo, en por qué estaba a disposición de aquel amigo músico, como si fuera una niña fanática que, bañada en abundante alcohol y drogas, estaba dispuesta a satisfacer sus caprichos. No recuerdo tanto las risas y sí la excitación que vendría después. Es curioso, porque cuando miro hacia atrás, compruebo que era probable que, sin tanto alcohol, el músico tampoco hubiese merecido el esfuerzo que realizaba para estar con él, y tener después que curar mi culpabilidad. Porque con ese tipo repetí en varias ocasiones, engañándome con la posibilidad de que estuviera naciendo un nuevo amor. ¡Qué inútil! A mí apenas me ha amado alguien, y tú lo sabes mejor que nadie.

Puestos a recordar, debo mencionar aquel tipo que conocí en una fiesta de Navidad, donde mientras Miguel andaba por ahí con el resto de colegas, yo me escondía con él en una habitación. No me conformé con besarle, sino que le dejé llegar hasta el final, me sentí excitada mientras pensaba que mi novio estaba a pocos metros. También en esa ocasión hubo risas de loca. En todas las situaciones en las que me he encontrado así, comprendí que los que estaban conmigo querían ese algo más, el sexo vacío, que intuían poder obtener conmigo sin dificultad. Aprendí que no me hacían el amor, sino que me follaban, lo aceptaba y me doblegaba a sus deseos.

No se puede mantener una relación con tantos desórdenes como yo acumulo, dejando entrar y salir de mi vida tanto tío, tanta relación sexual carente de sentido, esperar que la persona que apuesta por mí, en los momentos y situaciones que le obligo a vivir, siga a mi lado, a pesar de que lo desee más que nada en el mundo. No podré agradecerle lo suficiente que no haya dejado de estar, a pesar de lo injusto, cuando más falta me hacía, poder agarrarme a él antes de caer, cuando me observaba perdida, deambulando entre copas, tiros o papelinas cargadas de falsos sentimientos.

Cuando ocurre algo así me siento mal, te aseguro que me arrepiento de dejar que esos tipos besen mi cuerpo, que se hagan con él. He logrado no mostrarles nunca mis sentimientos, que a día de hoy todavía he sido capaz de salvaguardar. Les he prestado mi cuerpo sin esperar nada a cambio. Sé que mi forma de concebir y entender la vida hace imposible no volver a caer en los mismos errores, porque igual que tengo claro que no he querido a ninguno de ellos, estoy convencida de que no voy a dejar de asumir el riesgo de volver a repetir estas situaciones, si supone renunciar a mi libertad, a no poder sentirme bien cuando estoy de fiesta, a no consumir alcohol o drogas. Esto es lo que me gusta, forma parte de mi concepto de vida, no quiero perderlo. Soy egoísta, así he llegado hasta aquí y no sé bien qué me habría deparado el futuro si hubiese obrado de distinta manera.

Pensarás que estoy loca o, siguiendo tus palabras, con una inestabilidad emocional en ocasiones tintada en tonos oscuros. Lo sé, sabes que soy así, que lo he sido desde que me conoces y me acerqué a ti, buscando que me acompañaras, que me ayudaras, quizá que estuvieras. Estos desastres ocurren durante mi fase maniaca. Sé que tú no aceptas este diagnóstico, te aseguro que a veces justificarlo con mi inmadurez no me da las respuestas necesarias. No te voy a cuestionar, ¿cómo hacerlo ante una autoridad como tú? Todavía sonrío al recordar cuando intentabas ejercer conmigo de psicólogo, pero lograba conducirte a mi terreno, al de amigos. Te sentía más cerca en nuestra amistad que en el plano profesional.

Es en esa fase maniaca cuando soy capaz de agarrarme a la parte trasera del coche de un colega, me lanzo con los patines, me estrello, y me río entre moratones, sangre o dolor. Es en esa fase cuando soy más promiscua, cuando menos valor doy a los encuentros sexuales, cuando dejo que cualquiera profane mi cuerpo, sin haberlo atendido ni siquiera un poco, ofreciéndole algo de cariño. Es cuando los que sois importantes en mi vida desaparecéis en el momento exacto, dejando salir esa otra María, la que no podrá rectificar, y sacrificará cuanto se interponga en su trayectoria, con tal de llegar a ese lugar tan desconocido y deseado.

Más allá de la simple colección de tíos con los que me lo he montado, me empieza a preocupar el aumento de mi deseo sexual mientras dura esta fase. No te hablo del deseo propio de mis veinticuatro años, ni siquiera se trata de ser infiel, con lo nefasto que es esto último. Me refiero al hecho de buscar encuentros sexuales más fuertes, más duros. Empiezo a hacer cosas que antes no había hecho, siempre a iniciativa del que está conmigo. No lo elijo yo, es verdad, pero te aseguro que termina gustándome, al menos mientras estoy en esa situación enloquecida. En algunos de esos momentos asumo riesgos que no debería, que no puedo evitar, y que no sé si querría impedir.

Esto me preocupa por lo que pueda llevar de arrepentimiento, aunque vaya acompañado de la contradicción de no querer poner ningún límite a mi vida. ¡Una puta locura!

Es verdad que las cosas que me meto en esos momentos provocan una impulsividad, una energía que no reconozco mías. Parecen auténticas, conducen a estados de bienestar que desconocía, a un sentido exagerado de autoestima me atrevería a decir. En esos momentos es lo que siento y necesito. Querrás matarme con lo que te voy a decir, me siento querida, incluso cuando solo están introduciendo su pene en mi vagina. Cuando gimen, gritan o sudan siento que me quieren, que en ese momento no pueden fingir que han preferido estar conmigo o que han visto en mí algo valioso o, por qué no, que se han sentido especiales conmigo. Sé que estos pensamientos forman parte de la basura mental que todavía no he sido capaz de limpiar, te juro que en esos instantes es lo que pienso, creo, o quiero sentir.

Después, no necesito que tú vengas con tus argumentos destruyendo esa falsa fantasía. Sola soy capaz de sentirme la mujer más sucia y más asquerosa de este mundo. Cuando aparece ese momento depresivo quisiera desparecer, no repetirme que valgo lo mismo que una mierda, que no entiendo mi proceder, que estoy perdiendo el sentido de mi vida, que no valgo nada en absoluto. Esa miseria no la puedo compartir con Miguel, ya no debo dejarle seguir a mi lado, necesito mirar en otra dirección y, después de abandonarlo, dejarme querer, aunque sea de forma tan penosa, por el próximo tío que conozca en otra fiesta y que, durante el tiempo que dure el encuentro sexual, me haga creer que puedo ser una persona amada. Es lo que necesito.

Ya no le seré infiel. He acabado con él después de tres años de relación. Me quedaré con lo esencial, con lo bonito, con lo que me ha hecho sentir, con los viajes, con los paseos agarrados por la cintura, con su mirada... Con nada más me quedaré, espero que sea suficiente para no añorarlo, para no volver con él maltratándolo de nuevo, para herirlo y hundirme más en su sufrimiento. Cuando lo llamé no podía creerme. Lloró, lloré y todo se derrumbó.

En la playa le escribí una poesía que no me he atrevido a enviarle, por miedo a que se pueda confundir, a herirlo de nuevo. Por eso te la quiero regalar a ti:

Pocas veces he amado de verdad,
y casi nunca me han amado, salvo tú
que me has regalado años de libertad,
que me has besado en el alma.
Tú que aplacas mi enfermedad.
Te echo de menos, como se echa de menos vivir
y si suspiro por una necesidad, esa es tu mirada,
la que ha estado siempre en mi balada,
con la que yo quisiera morir.

No te puedo engañar, en ocasiones me viene el bajón, no debido al consumo excesivo de algo, sino de repente, y lo echo de menos, en ese momento me gustaría volver con él, tomo el teléfono para enviarle un mensaje y decirle que… Comprendo que es mejor así y desisto. ¡Qué curioso!, es entonces cuando más echo de menos un abrazo tuyo, uno de esos que invitan a quedarte a vivir en él, aquel que buscaba cuando sabía que podía caer y aparecías. Un milagro, con el que me hacías ver que se me puede querer por cosas que tú sabes ver en mí, y que tanto me empeño en no querer admitir. Sigo buscando, pero hay tanta niebla en el camino…

Trabajo, *abril de 2018*

Voy a comenzar esta carta haciendo una declaración de principios. Estoy convencida de que si en algún lugar reflejo, con claridad, mis síntomas bipolares, es en el trabajo que realizo en la asociación. Es una realidad. Lo primero que quiero contarte es que estoy encantada de trabajar con estos chicos, con ellos he descubierto que los desórdenes de inadaptación están más globalizados en este mundo que los sistemas económicos de consumo que nos imponen los gobiernos. Estoy convencida que, siendo un problema que nos afecta, es obvio que quienes tienen que ofrecer soluciones no tienen idea, ni quieren.

Te comenté que mis tareas se centran en dar apoyo emocional a adolescentes que, por diferentes causas, relacionadas con consumo de drogas, o asociadas a comisión de actos delictivos o violentos, están asignados a centros similares al nuestro, para que distintos profesionales procuremos prestarles ese apoyo que necesitan. Pues bien, es en este terreno donde mi bipolaridad se hace más presente. Ya me conoces, sabes que me manifiesto y actúo en consecuencia con esos pensamientos, sin tener claro que determinados hechos puedan considerarse actos delictivos, cuando existen necesidades objetivas para sobrevivir en sus condiciones. Aquí acuden destrozados en el plano psicológico y, este punto de vista, no sé si se contempla en la organización de manera adecuada.

Estos jóvenes son de barrios como Cerro Norte, Marconi o Ituzaingo, todos ellos en Montevideo, lugares que presentan índices de criminalidad del 70/1000 según la información que manejan aquí. Cifras consideradas de las más elevadas del mundo. En ambientes de ese tipo, los coordinadores de la asociación no quieren entender que se hace difícil la integración con medidas de reclusión y con terapia clásica. Y yo, ya conoces mi costumbre, me quejo y me señalo ante el conjunto de compañeros que me miran pensando "qué coño dice esta españolita".

Si fuera solo eso lo podría aceptar. Luego está el tema de la droga, con esto soy más intransigente y no aguanto las clásicas estupideces que ellos defienden para evitar el consumo. De hecho, esto si me está suponiendo un problema importante ya que, entre mis tareas, está la de desarrollar el programa de rehabilitación de drogodependientes, donde mis planteamientos discrepan con los de dirección. Creo que a mi jefe no le gustó el pulso que le mantuve cuando fui a su despacho no hace demasiado. Él quería manifestarme sus reservas acerca de ciertos argumentos que sostenía sobre el consumo de drogas:

—No sé María si eres consciente del daño que pueden provocar tus afirmaciones en estos jóvenes —aseveró con firmeza.

—No estoy de acuerdo. Mantener que un consumo razonable no tiene por qué ser negativo, es una realidad contrastada en la literatura científica —argumenté lo que llevaba un rato haciéndole ver.

—Algunos de ellos, con 16 años, llevan cuatro consumiendo de manera regular y, en muchos casos, ha sido la razón que les ha conducido a cometer delitos contra la propiedad y…

—¡Otra vez el rollo de la propiedad! Habría que empezar a plantearse el concepto de propiedad de otra forma —elevé la voz más de lo debido.

—Y contra las personas —terminó su argumento bajando el tono de voz—. Creo que tu concepto de lo que está bien y mal no coincide con las normas que rigen esta organización. Nosotros somos una ONG, que subvenciona el Gobierno de la Nación con el objeto de ayudar a estos jóvenes. Personas que se enfrentan a graves problemas al intentar afrontar su presente, y su futuro, en función de los traumas, estigmas y consecuencias que persistan tras su paso por la organización. Este es el motivo que nos obliga a ser más exigentes, más intolerantes con los comportamientos negativos o, al menos, con riesgo objetivo contra su propia integridad o la de los demás.

—Yo creo que fumarse un peta no le hace mal a nadie, mientras que quien lo haga controle la frecuencia del consumo —aseguré convencida ante la argumentación con la que se explayaba el director.

—¿Un qué?

—Me refiero a un porro, a un canuto de maría.

—Veo que entiendes de sustancias tóxicas —lanzó con toda la ironía—. Espero que con estos conocimientos seas capaz de canalizar de forma adecuada tu interacción con los usuarios de nuestros servicios —terminó de decirme para zanjar la conversación.

Deseaba venir a un lugar así, lejos de mi ambiente, donde pudiera ayudar y ayudarme. Sin embargo, son muchos los días en los que me muestro apática, abatida, sin ganas de levantarme para acudir a la asociación. Empiezan a ser demasiados los días que no voy a trabajar. ¿La razón? Lo más sencillo sería justificarlo como consecuencia de fiestas en las que el control de mis hábitos se me ha escapado de las manos, o a causa de la gran resaca que no me permite salir de la cama. La cuestión es más compleja. Termino preguntándome si no serán los momentos de evasión los que me permiten continuar aquí, observando las injusticias que todos los días se cometen con estos chicos, aceptándolas y reaccionando menos de lo que debiera.

Es verdad, por otra parte, que nunca me ha gustado la rigidez de las normas. No entiendo que cuando se trabaja con personas, tan extraordinarias todas, con sus realidades, problemas e ilusiones, no seamos capaces de atender a cada uno por separado y nos adaptemos a ellos. En vez de eso, pretendemos imponer nuestros dictados en forma de programas de intervención estandarizados, sin apreciar sus diferencias, que son muchas. A los coordinadores de estos centros les pasa igual que a los de España, creen que las medidas correctoras y de castigo son las que van a solucionar los problemas de inadaptación. ¡Joder, podían darse cuenta de que cada día el consumo de drogas es mayor! ¡Que no todo consumo conduce a delinquir, ni todos los delincuentes son malos! Es eso, Javier, lo que intento transmitirles, no hay manera de que me hagan caso, y entonces me suelo meter en problemas, con la habilidad que sabes que me caracteriza para encontrarlos.

Por cuestiones como estas y, por mi propio devenir, algo perdido en ocasiones, cada vez me siento menos comprometida con el trabajo. Lo estoy con la ayuda a los jóvenes y con mis compañeros, chicos con ganas por hacer cosas positivas. No sé si seré capaz de mantenerme en un sitio como este. De momento, mis ratos de evasión, compartir con las personas que voy conociendo y descubrir lugares nuevos, que me ofrecen perspectivas diferentes de entender el mundo, es lo que me ata a esta causa, si bien no sé por cuanto tiempo podré defenderla.

Cuando pienso en aguantar a pesar de no estar a gusto, influye el hecho de que el incumplimiento del contrato me dejaría en una situación compleja. Es probable que no me quedara más remedio que volver a casa y, de momento, esa opción no está en mi cabeza.

Antes te contaba mis faltas en el curro, es cierto que me preocupa. No tanto el hecho de faltar algún día a trabajar, sino cuando llego directamente de una fiesta, sin dormir, e intento atender a la persona que me necesita en ese instante. En esas ocasiones lo he hecho de pena, no podía mantener los ojos abiertos, actuaba con ellos como colega y, como existía muy buen rollo conmigo, me cubrían ante la desidia mostrada. He llegado a decirle a un chaval que se quedara en mi despacho sin salir durante una hora, haciendo lo que quisiese, mientras yo me echaba a dormir ese rato en un cuarto que utilizamos cuando debemos pasar la noche en el centro. Además, le pedía que fuera él el que me despertara cuando pasara ese tiempo.

Inconcebible pensarás, desesperanzador diría yo. Si eso no fuera suficiente, estoy teniendo fallos frecuentes de atención, concentración y memoria. Empiezo a creer que guardan relación con el incremento del consumo de cannabis. Esto me ha hecho pensar que quizás deba controlar mejor lo que me meto. No encuentro los argumentos necesarios para hacerlo, porque no solo me gusta, sino que está asociado a momentos en los que logro estar bien o, al menos, eso me parece. Te aseguro que no tenía viajes tan agradables a los que pillo, con una maría tan buena como la que he encontrado en este país.

Lo que más rabia me produce es que lo que te relato es una copia exacta de lo que viví en España. A veces caigo en un bajón de los que me cuesta salir. Es una situación parecida a las que has conocido. Aquellas en las que te buscaba, intentando limpiar toda la suciedad que sentía dentro de mí. Hoy es uno de esos días, y la razón por la que te escribo es porque me siento muy sucia. Esta mañana he salido de una noche de guardia en el centro. Estos chicos deben estar acompañados todo el día porque, aun enmascarándolo con otros argumentos, están recluidos, sin poder salir de nuestros locales. El caso es que cada noche los compañeros nos vamos turnando en esas guardias.

La primera parte de la noche ha sido interesante. He tenido una animada charla con un joven del Movimiento de Liberación Nacional-Tupamaros que me habló del líder histórico Raúl Sendic o de Pepe Mújica, ejemplo de lo que debe ser un gobernante, y cómo el movimiento revolucionario podía convertirse en una corriente ideológica integrada a la perfección en la sociedad. Me cautivó desde el primer momento. A pesar de que él está en nuestro centro por tráfico de drogas, me aclaró que no formaba parte del típico negocio al por mayor, que mantienen las altas instituciones por intereses personales de individuos que acaparan el poder. Al contrario, en su caso es claro que se trata de un pequeño chanchullo que perseguía mejorar su organización, que tanto bien hace en algunos lugares, sobre todo rurales.

Aproveché que mi compañero no estaba en la habitación, que compartíamos cuando los jóvenes nos dejaban algún momento libre, para ir con este chico de 17 años, con una madurez increíble. Nos fumamos unos petas que contribuyeron a crear un ambiente más agradable, y logrando una bonita conexión entre ambos. Hacía tiempo que no había experimentado algo parecido. Le escuché con toda mi atención, impresionada por la historia de este movimiento que algunos ignorantes denominan banda. Me explicó el proceso de desarrollo de su generación de Tupamaros, "la tercera generación", que en la actualidad está entre los 18 y los 25 años. Él, debido a su madurez, pudo entrar en la misma con 17.

Me cautivó, me sedujo. Me dejé seducir y sentir, me abrí a él y desnudé mis emociones, derribando todas las defensas. Nos besamos, nos buscamos con nuestras lenguas, bebimos nuestras salivas, nos echamos en la cama, abrazándonos, tocándonos, y…

—Agárrame aquí —susurró mientras colocaba mi mano en su pene con una erección descomunal.

—No deberíamos estar haciendo esto —sugerí mientras dirigía mi boca hacia la suya y empezaba a mover la mano, masturbándolo.

—Estoy muy excitado —sonrió con unos ojos que podían acaparar un mundo entero—, y tú también lo estás —afirmó mientras metía alguno de sus dedos en mi vagina.

—¡Joder, tengo que parar esto! —Me sorprendí exclamando en un instante de lucidez.

Me levanté, intentando recomponer mis emociones. Fue entonces cuando él me contempló con una necesidad de cariño como nunca le habían ofrecido.

—Termíname, por favor.

Supongo que lo superaré, que cuando vuelva al centro seré capaz de ver el adolescente que es. Es más, estoy convencida que seré capaz de aclarar con él las dudas que esta situación le haya podido generar. Sabré establecer la distancia emocional necesaria para no hacernos daño. Seguiré caminando por este devenir tan extraño, que a veces me acompaña sin habérselo solicitado a la vida. Esta mañana me sentaba junto al faro de José Ignacio, para escribirte y, aun allí, miraba la mano con la que sí le había terminado. Todavía sentía su temblor al masturbarlo.

Escribirte me hace sentir una leve esperanza, en cambio no puedo dejar de pensar que soy un completo desastre, en lo personal y lo profesional. Me acordaba cuando tú me ayudabas a creer en mí… Eso es lo que ahora mismo más añoro.

Alcohol, *junio de 2018*

Hoy comienzo con una certeza que desearía no tener. Empiezo a creer que no controlo tanto el consumo de alcohol. Sé que cuando leas esto será fácil intuirte pensando "ya te avisé". Ahora mismo me preocupa más la frecuencia que la cantidad. Coger pelotazos en fiestas me sigue atrayendo, sin embargo me he dado cuenta que ingiero de continuo. No te hablo de las dos copas de vino que tomo en la comida. Todas las tardes al terminar el trabajo nos juntamos en un bar cercano y empezamos con las cervezas. Aquí, en Uruguay, hay una birra que se llama Patricia, con nueve grados y en botellas de litro, que te tumba en el momento que tomas dos o tres. Los colegas que he conocido tienen inquietudes similares a las mías y beben pensando que no existe un mañana. No les echo la culpa. Al contrario, sirve para sentirme más integrada en este país.

Lo cierto es que, si se alarga la tarde, podemos terminar en la playa de José Ignacio, al lado de la casa en la que nos hospedamos los voluntarios, viendo un atardecer precioso. Terminamos, yo la primera, embotados más de alcohol que de belleza. Después continuamos con alguna fiesta, en la que la ingesta de cubatas y chupitos redondea un día en el que suelo terminar demasiado borracha. No creas que todos los días estoy de fiesta, varios a la semana sí, y tras éstos, a la mañana siguiente me persigue una resaca terrible que se apodera de mí, afectando con frecuencia a las tareas previstas en la asociación, que intento afrontar a base de café, paracetamol e ibuprofeno. Un desastre, lo sé.

Sabes que si no me preocupara no te lo estaría contando. No es la primera vez que me muestro agresiva con el dueño de algún bar cuando intenta echarme a altas horas de la madrugada. He conducido el coche de algún colega yendo demasiado bebida, me he quedado a dormir en un descampado, dentro del coche, por no poder conducir más. El otro día me quedé dormida en un antro hasta que me despertaron y me echaron, no precisamente con cortesía. No, esto no me gusta.

He intentado dejar de beber, lo he logrado durante un mes. Fue el día que me líe con dos tíos en la misma noche. Estaba tan borracha que ni pude, ni quise evitar terminar con ellos en su casa. Los conocía de vista. Es habitual que los que llevamos este ritmo de salidas abordemos los mismos lugares y, al final, exista cierta complicidad. Ellos vieron la oportunidad y la aprovecharon. Me había pasado en otras ocasiones, en las que el alcohol nubla cualquier intento de freno cuando me encuentro en ese estado. Me dejé llevar, logrando no pensar en lo que estaba sucediendo, solo en sentir lo que estaba viviendo, sin evitar que ocurriera. Mis mecanismos de afrontamiento hacen que la culpabilidad no tenga derecho a ocupar esos momentos, ni siquiera los posteriores, cuando me doy cuenta que he cruzado el límite más de lo que hubiese deseado.

Lo que me llevó a dejar de beber fue la conversación que escuché a la mañana siguiente. Ellos estaban en la cocina desayunando, cuando les oí hablar de mí. Estaba parada tras la puerta:

—Ha sido fantástico, todavía me duelen los huevos de follar tanto —afirmó el primero, mientras reía.

—Eres un cabrón, te la cogiste por lo menos tres veces ¿no? —Preguntó el segundo.

—Sí, tres, es que la tía vino con muchas ganas, y le iba todo.

—A mí me la chupó hasta el final. ¡Cuando terminó la primera vez, dije: "esta tía va a ser un fenómeno"! —Hizo una pausa para tragar lo que estaba comiendo—. Y eso que iba tan borracha, que pensé que se dormiría y ahí se acabaría la diversión.

—¡Qué va! Yo sabía que nos lo íbamos a montar bien, porque la he observado otras noches y está acostumbrada a beber. Una tía como esta, una vez que la calientas, se baja las bragas sin ningún problema.

Los dos rieron como hienas, mientras yo no podía parar de llorar, escondida detrás de una puerta que parecía un muro infranqueable. Me sentía mal, no dejaba de escucharlos. Necesitaba contrastar la realidad de lo que soy cuando caigo en ese abismo de aguas turbulentas en forma de alcohol.

Continuaron:

—Esta mañana porque estará con resaca cuando despierte, y no le apetecerá que, si no fuera así, me la follaba otra vez —aseguró el mismo que acababa de hablar antes de interrumpirse con las risas que me herían, mucho más que las palabras.

—Y yo, ¡no te jode! Lo mejor fue cuando se puso en la cama de rodillas y pedía que la cogiéramos. Le metí un polvo épico —rió con fuerza.

—En la postura que fuera, tío, la colega está buena y sabes que, con ella, lo vas a pasar de fábula. Hay que tenerla caliente para pillarla otro día.

—Yo creo que será fácil. Si va bebida no nos fallará.

No pude aguantar más, fui a la habitación, me arreglé lo más rápido que pude y salí de aquella casa. Caminando hacia la mía no dejé de llorar, de preguntarme por qué lo que yo creía sentimientos de cariño era una mera transacción sexual. Sentía un profundo deseo de desaparecer. Te cuento esto cuando ya ha pasado el tiempo suficiente para asumirlo, y poder decírtelo con toda la vergüenza que puedo sentir, porque lo he ido ocultando con otras locuras que ya te iré contando. Además, tenía que esperar a vencer el miedo de mostrarme ante ti tan despojada de autoestima.

¿Sabes lo peor? Durante el mes que dejé de beber tras aquella experiencia, pasé un síndrome de abstinencia terrible. El mono agudizó mi agresividad con mis compañeros, con los adolescentes de la asociación, con los colegas. Entonces, para disminuir los efectos negativos, aumenté el consumo de tabaco o cannabis, lo que llevó a que un mes después retomara mi adicción al alcohol y al resto de sustancias, incrementando el consumo. Muchas veces me cuesta que pienses en mí como alguien que puede rehabilitarse. No lo creo, no puedo creerte.

Intentando encontrar algo positivo donde es casi imposible, reflexioné acerca de ese consumo irracional. Recuerdo a menudo tus avisos acerca de lo que supone la adicción social del alcohol. Por primera vez soy consciente de tener esa adicción. A pesar de ello decido no parar. La conclusión es que me gusta y quiero seguir haciéndolo. Lo siento, sigo bebiendo todos los días, muchos de ellos demasiado.

Este consumo me lleva a asumir riesgos en el terreno sexual. Por ejemplo, los que te he descrito, y no sólo en ese plano vital. Conduciendo he tenido comportamientos que ignoro cómo no han terminado en tragedia para mí, o para otros. Me he enfrentado a personas que, si se hubiesen mostrado agresivas, habría terminado en un hospital en el mejor de los casos. El tiempo que dura la consecución de ese estado final, desolador, me permite trazar un trayecto donde el fascinante y seductor alcohol se convierte en un gran lubricador social y sexual.

En ocasiones, cuando soy capaz de parar el consumo antes de terminar tan mal, logro establecer relaciones sociales, con personas conocidas o no, que me hacen pasar momentos formidables. En ocasiones, terminan en encuentros sexuales placenteros que, sin alcohol, no se hubiesen dado porque mi falta de habilidades sociales impediría el contacto previo. Cuando estoy en esos momentos tan agradables me siento desinhibida, más valiente en mis interacciones sexuales. El otro día, por ejemplo, conocí a un tipo con el que congenié bien desde el primer momento, estuvimos hablando de muchas cosas. Cuando sentí que había llegado el momento exacto, en el que podía arriesgarme a mostrar cómo me gustaría ser, me lancé.

—Debo decirte que me estás gustando —quería estrellar un misil ante cualquier barrera posible, improbable en él.

—¡Vaya! —Exclamó sonriendo sin saber bien cómo seguir.

—Cuando conozco a alguien que me gusta se lo digo. Creo que intentar dar vueltas para llegar al mismo sitio horas más tarde no tiene sentido.

—Me encanta que la mujer sea clara, sin establecer defensas, segura —hizo una pausa—. ¿A qué sitio te refieres?

—¿Cómo? —Pregunté al no estar atenta a la rapidez con que él había asumido la iniciativa de la conversación.

—Has dicho antes que era innecesario dar vuelta para llegar al mismo sitio —sonrió—. ¿A qué sitio te refieres?

—Me da igual en tu casa o en la mía —y lo besé mezclando el sabor dulce de la bebida que tomábamos con el salado de su saliva.

Esa noche fue diferente a la que te describía antes. No sé si después, este tipo me vería igual que otros, una tía perdida, con ganas de follar, o una mujer liberal que le gusta mostrarse activa en las relaciones que mantiene, que es como me gustaría ser. No te puedo engañar. Ese encuentro fue agradable, lo habitual no es eso, sino cruzar con demasiada frecuencia la línea del descontrol y entonces perder mi capacidad para decidir con quién terminar la noche de fiesta, o qué tipo de sexo quiero tener. Sé que es lamentable lo que voy a narrarte, ya me ha sucedido muchas veces, que la falta de seguridad cuando aparece el bajón de la borrachera me incita a dejarme hacer, y entonces es el otro el que decide cómo vamos a follar, o qué ritmo e intensidad quiere tener. En esos momentos me siento utilizada, soy incapaz de frenar, asumiendo que he facilitado llegar a ese punto y ya no hay vuelta atrás. Cuando se produce ese momento de no retorno, no es miedo a la reacción del otro, es la muerte de la valentía que creía tener cuando comenzó el acercamiento.

Esta tormenta de sentimientos y emociones me ha animado a acudir al médico para contarle un breve resumen de lo que me sucede, tal como ya me aconsejaste en alguna ocasión. No le ha costado trabajo diagnosticarme de "una posible desviación relacionada con el espectro del trastorno bipolar", y me ha cargado de pastillas para todas las fases del trastorno como aventuraste que pasaría. Si quieres enviarme a la mierda lo entenderé, pero te informo que comerme esas pastillas me provoca algún efecto positivo. O, quizá, quiero creer que me sirve de algo. No sé, lo cierto es que cuando estoy arriba, el consumo de alcohol me hace viajar muy alto y fuerte. Por eso pueden ocurrir episodios como el que te he contado. Suele suceder, a continuación, que aparezcan recaídas espectaculares. De hecho, me preocupa que la asociación me mande a casa si sigo perdiendo días de trabajo.

No te lo había contado antes. Después de algunos bajones, tras un exceso importante, me he quedado en casa hasta dos días sin salir, sin comunicarme con nadie, sin comer. Sin vivir, Javier. Son instantes en los que todo gira en mi mente, sintiéndome culpable por lo que haya podido suceder, maltratándome al recordar lo imbécil que he sido dejándome usar por gente que ni siquiera conozco, o preguntándome qué hago en Uruguay y qué espero huyendo de no sé bien qué.

Cuando me marché te dije que necesitaba encontrar mi senda, un camino que me indicara cómo conducir mi vida, cómo hacer para que lo excesivo en mi comportamiento encajara en la racionalidad de lo que he de hacer, no porque otros lo esperen, sino porque yo quiera. Sigo ahogando en alcohol mi capacidad de raciocinio, consiguiendo que desparezcan las preguntas que esperan respuestas, y que cuando estoy con bajones terroríficos me castigan hundiéndome cada vez más. Paso días enteros, y vuelvo a surgir, no a resurgir, ingiriendo nuevas Patricias que duerman mi conciencia o, al menos, la emboten lo suficiente para no tener que volver a sufrir.

Sí he conseguido algo importante desde que estoy aquí. Ya sé que más que una vida diferente, estoy buscando el lugar más fácil por donde huir. Al preguntarme de qué o de quién, temo que la respuesta más acertada sea que huyo de mí misma. La otra noche, en pleno declive, me eché en la cama, me abracé a mi almohada, esa que me acompaña desde pequeña, la apreté muy fuerte y pensé que ella me abrazaba a mí. Por un momento sentí que tú me abrazabas y pude sonreír. Fue la primera sonrisa en tiempo, la primera que lograba sin estar bajo los efectos del alcohol, la primera que conseguía pensando en alguien. En ti, que desde tan lejos siento tan cerca.

No te preocupes más de lo que tu perfeccionismo te obligue conmigo. Piensa que si soy capaz de escribir esta carta es porque me encuentro mejor, preocupada, intentado levantarme cada nuevo día, buscando la ilusión que al final me conduzca a la felicidad perseguida, evasiva, pero con la creencia de que no se encuentre lejos de mí.

Cannabis, *junio de 2018*

Hoy te escribo cerca del faro de José Ignacio, el lugar al que suelo venir cada vez que necesito sentir que me escuchas. Seguro que es una de las mejores cosas que me ha pasado desde que estoy aquí, encontrar este lugar y saber que estás ahí, aunque sea desde tan lejos. La casa junto a esta playa me permite pasear, pensar y… de alguna manera se ha convertido en mi refugio.

Voy a empezar confesándote algo. Cuando paseo por aquí se apodera de mí la melancolía, no aparece de la nada, soy quien la busca y aquí puedo evadirme. No puedo engañarte, mi inestabilidad emocional no ha mejorado estando aquí. ¿Empeorado? Espero que no. Alguno de mis "asuntos" no marchan demasiado bien. De hecho, muchas cosas no están como a mí me gustaría, por ejemplo, los excesos de los que tú me has acusado, y de los que algún día quiero detenerme y discutir contigo.

Por cierto, hablando de excesos, me he parado un momento para prepararme un peta, bueno un canuto tomando tus palabras. En mi última carta te hablaba del alcohol y ahora, mientras me liaba el porro, me he dado cuenta que es posible que lleve unos nueve años consumiendo cannabis, en sus distintas modalidades: cogollos, hachís, polen, aceite… No a diario, por supuesto, pero sí con cierta regularidad. De hecho, es la droga que, de manera sistemática, más he consumido y tomo ahora. La que menos me ha preocupado, a pesar de que a ti te haya molestado tanto. Fui la niña rebelde que nunca te hacía caso, al menos era tu niña y eso compensaba tus enfados.

Quizás me esté rayando más de la cuenta porque en las últimas semanas consumo a diario. En mi caso es fácil dejar de asumir responsabilidades, esta vez el enganche es por David, el compañero de piso con el que desde hace un tiempo tengo más relación. No es que quiera echarle a él la culpa, pero que haya aparecido en mi vida, trasteándola algo ha contribuido a aumentar mi adicción.

Lo primero que quiero decirte es que David es un encanto y, antes de que me preguntes, te confirmo que hay algo entre nosotros. Es más bien eso que en España denominamos "amigo con derecho a roce". Un roce por cierto de los más puros que he sentido desde que ando por estas latitudes, para nada comparable con otras estupideces que suelo vivir con demasiada frecuencia. Él me ayudó a integrarme con los colegas de aquí, y me proporcionó la maría necesaria para que esa integración fuera más eficaz. No sé si se debe a que aquí es más potente, pero recuerdo que el primer día que fumamos juntos me mostré más abierta, sociable y simpática. En realidad, esta droga mejoró en calidad desde que Uruguay liberó su consumo; parece que los camellos, que trapichean con el cannabis no regulado por el país, se hayan puesto las pilas para ofrecer un mejor producto.

El caso es que me mostré demasiado abierta. Aquella noche fue la primera vez que terminamos acostándonos juntos. A diferencia de otras veces, con otras personas, me encantó la actitud de David. A la mañana siguiente, todavía bajo cierto embotamiento, tomando café para intentar volver a la realidad más rápido, me hizo una propuesta que me gustó:

—María, amar contigo anoche fue extraordinario. Me encantó besarte, acariciarte, hacerte el amor y que me lo hicieras —sonrío con un brillo en los ojos que me sedujo—. Sin embargo, he reflexionado al respecto y el hecho de tener que compartir en el piso bastante tiempo quizás no facilite nuestra relación, hasta creo que podría perjudicar nuestra amistad.

—Lo siento —no supe armar un argumento más profundo, no tanto por la sorpresa del rechazo, como por el aplanamiento mental que sentía.

—No, preciosa, de verdad que me gustó. Estuviste espléndida y gocé. Hacía tiempo que no lo había hecho con nadie, no obstante, es mejor establecer una distancia que nos permita tener estos encuentros, sin la necesidad de un compromiso que ate nuestras vidas —hizo una pausa—. Ignoro si estoy siendo capaz de explicar con la suficiente claridad algo tan bello.

En un primer momento pensé que el tipo era muy listo, y que lo que quería era disponer de mí de vez en cuando, para echar un polvo o pasar un buen rato sin ningún tipo de atadura para, después, seguir su camino. Dejé pasar unos segundos y pensé que era eso lo que me estaba planteando, lo que podía ser una gran idea, ya que de esa forma podría alejar de mí el compromiso que tanto me atormenta, permitiéndome disfrutar de un buen sexo sin tener que rendir cuentas de nada, a nadie.

—Me parece bien tu propuesta. Si somos capaces de mantener nuestra relación de amistad sin resultar heridos por tener senderos paralelos, aunque los crucemos de vez en cuando, estoy de acuerdo. Podríamos probar.

—¡Exacto María! Creo que es una gran decisión, y será lo mejor para los dos. Compartiremos nuestra amistad, nuestro cuerpo, además de nuestra forma de ser, y cada uno mantendría la libertad de seguir sus propios pasos. Es muy bonito, y pensar en nuevos encuentros sexuales contigo me fascina.

Así conseguí tener mi primer "follamigo" en Uruguay. Estos encuentros nos permitían disponer no solo de una vía de placer cuando nos apetecía. Me abrió la puerta para el acceso a las drogas que a menudo necesitaba, cannabis y otras que su camello, desde ese momento también mío, me facilitaba.

¿Ves? Soy capaz de relatarte momentos bonitos de mi vida aquí. No siempre han de ser fatales, cargados de horror, por lo que pienso que no todo lo que hago está mal. De hecho, espero que no te enfades conmigo, el consumo de petas no me parece una mala decisión. Me gusta, me ha proporcionado vivencias más positivas que negativas. Lo que me preocupa es el consumo de los últimos meses. Ahora creo haber cruzado la frontera que establece la maría. Los porros, ya no son compartidos con otros colegas en momentos agradables, donde estamos a gusto en grupo. Al contrario, me aíslo con demasiada frecuencia para fumarlos. Busco oportunidades para estar sola y evadirme, no pensar, dejar mi pensamiento sin contenido, en blanco, buscando sensaciones que me proporcionen serenidad. Empiezo a utilizarlos como analgésico del dolor emocional que, aun tolerable, me desborda en ocasiones.

No quiero preocuparte, ésta última forma de comportarme ha surgido ahora, continúo fumando junto al grupo de colegas con los que comparto el mismo planteamiento vital, tanto compañeros de piso como nuevos amigos. Hemos formado un buen grupo y pasamos ratos bebiendo y fumando, viendo documentales que potencian el efecto anestésico que buscamos o que, al menos, yo persigo. Lo habitual es que termine dormida antes de que acabe, cumpliéndose el objetivo último, no pienso, no siento y no sufro.

El otro día vi uno que se titulaba *Crazy love* y, a diferencia de lo que ocurre otras veces, me enganché a él. Trataba de una relación de amor entre una chica de poco más de 20 años y un señor de más de 50. Recordé entonces otra historia que yo había vivido en España. Mientras que los otros reían, discutiendo si al tío se le pondría dura cuando estuviera con la chica, o si la tía buscaría algún colega para follar y poder mantener la relación con el viejo, yo lloraba, al mismo tiempo intentaba reír con ellos, sin sentido, sin motivo alguno, no podía, y continuaba llorando. Uno de los colegas que estaba viéndolo, se echó en el sofá a mi lado, me abrazó, me besó, metiéndome la lengua en la boca, explorándola en busca de nuevas metas. Recuerdo, antes de dormirme allí mismo, que introdujo su mano por debajo de mi camiseta y me acarició las tetas. Supongo que pensó que tenía una oportunidad conmigo. Yo, en cambio, no estaba en sintonía con él.

A la mañana siguiente me desperté en el mismo sofá. Él debió claudicar en su intento de pasar un rato íntimo conmigo, ya que estaba durmiendo en otra habitación. Me líe otro porro y mantuve unas horas más el estado de decaimiento que en ese momento prefería sentir. Quería sentirme mal recordando los malos rollos que generé a personas que no lo merecían. Un nuevo paseo por la playa procurando manejarme con mi melancolía, marcó el final de una jornada que se repite con demasiada asiduidad.

He intentado dejar de fumar varias veces, no del todo, sino haciéndolo de manera esporádica. Al final el resultado aún es peor, vuelvo con más ganas, aumento el consumo y lo mantengo durante más tiempo. Entonces analizo mi adicción, la comparo con la de hace algún tiempo, cuando tú me conociste, y entonces creo que no estoy tan enganchada como en aquella época en la que mis problemas de memoria, y mi falta de atención, eran evidentes. Ahora no son tan recurrentes ni continuos.

Sé que te gustaría que no fumara, pero no quiero dejarlo, me gusta, y me siento bien conmigo misma si lo controlo. Lo que me desagrada es verme rodeada de personajes cuyo único objetivo es consumir. En esos momentos, vuelvo a la peor versión de mí, y me reconozco adicta. Pienso que la euforia que me generaba cuando comencé desapareció hace demasiado. He debido cruzar los umbrales de tolerancia y ahora necesito aumentar mi dosis. Tampoco caigo, salvo contadas excepciones, en ingestas exageradas, me refugio en ese planteamiento sedante que te comentaba antes. Entonces me siento más lenta, más ida, a veces he creído desdoblarme, observarme desde fuera, como si de un viaje astral se tratara, aunque sin llegar a identificarme por completo con él. En esa ocasión me preocupé por si se trataba de un episodio psicótico. Tras analizarlo llegué a la conclusión de que había sido el efecto de una mala combinación de distintas sustancias.

Una vez más, mi pensamiento se deja arrastrar a las profundidades del abismo, aunque sea de forma puntual. No quiero preocuparte ni que pienses que me excedo en el consumo, ya que estos episodios no son tan frecuentes. La verdad es que lo que más me pesa y entristece es pensar que vine a encontrar no sé bien qué y, desde que estoy aquí, ando más perdida que entonces. Lo mismo necesito más tiempo para adaptarme e identificar los motivos que me proporcionan momentos de felicidad.

Por cierto, quiero transmitirte cosas bellas. Esta playa, desde la que te estoy escribiendo es una maravilla. Un lugar fantástico. Para que te hagas una idea, forma parte de la laguna de José Ignacio y termina en un brazo de tierra que intenta frenar el fuerte oleaje del Océano Atlántico. A lo largo de varios kilómetros puedo pasear y pensar. Es de las pocas cosas que me ayudan, aunque creas que las decisiones que voy tomando no sean las esperadas, o las más racionales. Supongo que deberé continuar caminando perdida, todavía un tiempo, hasta que de repente y sin esperarlo, alguien o algo cambie mi vida. Me gustaría más que fuese por alguien. ¿David?

Sé el papel que juega en mi vida en este momento, acepto la situación, es la persona que siento más cerca. Procuro no agobiarlo, porque he notado que cuando estoy más cariñosa de lo que él desea, establece barreras, se muestra más serio y distante conmigo. No quiero fastidiar lo que tenemos, así que procuro de inmediato corregir mi comportamiento. Por eso aumento mi consumo cuando observo que él fuma, le sigo con la esperanza de que podamos terminar juntos después.

Antes, cuando hacía el amor con alguien procuraba fumar, ahora desde hace tiempo siempre fumo el porro cuando follo, porque sé que aumentará mi sensibilidad, que me concentraré en las sensaciones de placer al besar, al tocar o ser tocada, o penetrada. Entonces desaparecen los complejos, estoy más abierta a lo que el encuentro sexual me depare, para al final prolongar mis orgasmos. Con ello intento retenerlo junto a mí sabiendo que estoy haciendo lo que debo. Te parecerá pobre mi razonamiento. Es probable que creas que ando mendigando el amor, o el simple cariño que David quiera darme. No lo sé, sí puedo asegurarte que bajo los efectos del cannabis estoy más receptiva, más cercana, con más amor. Te aseguro que disfruto más, gozo más de las relaciones sexuales que mantengo con él, me siento querida. En algunas ocasiones, hasta mi autoestima me ha parecido algo más elevada. Me percato de ella cuando la melancolía me invade, y me hace sentir una mierda. Espero que seas capaz de entender a esta loca.

Colegas, *agosto de 2018*

—Cuando te comas una de estas verás que no hay otra cosa igual —intentaba convencerme Héctor, uno de los colegas que vivía en el mismo piso que yo.

—No me la voy a comer. De las pastillas es de lo único que paso. No las controlo, me da miedo tener algún chungo fuerte.

—Hazme caso, métete media conmigo y verás el pedazo viaje que nos vamos a pegar. Tía es una Rolls-Royce. No hay nada mejor en el mercado.

—Paso, de verdad.

—Estás conmigo, joder, y nos vamos a ir juntos para el piso. De verdad que no tienes nada que temer. ¿No te fías de mí?

Que alguien cercano me cuestione si confío en él es algo que me hace sufrir. Por eso, hacer chantaje emocional con ese tipo de argumentos, funciona bien conmigo. De hecho, nunca me había metido éxtasis, ni pastillas en general, no porque las creyera peores que otras sustancias, sino porque tengo la sensación de controlar menos. Pero si algo me caracteriza es la necesidad de estar experimentando, sobre todo, si se trata de consumir drogas. Así que…

—No seas tonto. Sabes que no es eso. Es que no tomo pastillas.

—Vale, es igual. Así tengo para toda la noche —hizo el amago de marcharse hacia la puerta del bar en el que nos encontrábamos.

—¡Eh!, no te vayas —le pasé la copa que me estaba bebiendo, que iba bien provista del cristal que habíamos añadido al alcohol—. Anda, pasa un trozo.

Esa noche comenzó uno de mis primeros viajes, de verdad muy intenso, estando en Uruguay. Entre la anfeta y la metanfeta, el alcohol y algún porro que me había fumado, no volví a reaccionar hasta después del mediodía siguiente, lo que supuso no presentarme en el trabajo, e incumplir mis obligaciones, como empezaba a ser costumbre. Antes de tomarme la pastilla ya estaba volada, notaba que se me iban los ojos, sentía unas ganas enormes de moverme, de bailar, de hablar, de compartir amor con Héctor y los colegas que estaban con nosotros.

Fueron varias horas de risas, de carcajadas, de no existir nada más allá de la inmediatez de disfrutar de la compañía que me hacía sentir feliz. La subida con esta droga fue más espectacular que la que había tenido con otras. Héctor ya me había explicado que su potencia era el doble que el de la Burger King, una de las más buscadas en el mercado de las pastillas.

La sensación fue de no parar de subir, de no dejar de estar activa, de querer compartir con ellos toda mi felicidad. En ese trayecto tan fulgurante tuve otros momentos que apenas recuerdo. En ellos me sentí irrealizada, me observaba despegar de la escena y la veía desde una perspectiva diferente. Parecía que el suelo tuviese vida propia, que girase a mi alrededor con movimientos imposibles. Fueron instantes que me desbordaron, me hicieron temer que fuera un mal viaje. Héctor conocía a la perfección el recorrido que estaba haciendo mi mente y mi cuerpo, llevaba años de pastillero, por ello estuvo atento para que yo no lo pasara demasiado mal.

Al amanecer, ya en la playa, después de estar tumbados en la arena un buen rato, viendo desaparecer las estrellas, presentándose un sol precioso en el horizonte, fue cuando intimamos aún más y entre besos, abrazos, caricias..., él dio el siguiente paso y no me negué. A pesar de que sabía lo que buscaba, follar conmigo, el estado en el que me encontraba impedía pensar en algo que no fuera hacer el amor con él. Te aseguro que lo diferenciaba a la perfección. Me sedujo en el momento en el que estaba aún eufórica y en sintonía completa con él. Percibí que hacíamos el amor, con independencia de lo que él sintiera. Lo ignoro, entre otras cosas, porque tampoco fue algo que después tratáramos. Había ocurrido, era entre colegas y no era necesario rayarse más.

La bajada ya es otra cuestión. Cuando terminamos me quedé dormida en la arena, la sustancia que cabalgaba por mi sangre no me permitía tener un sueño normal, fueron altibajos continuos, abría los ojos de repente, en alerta, como si hubiese tenido una pesadilla, por lo que decidí sobrellevarlo paseando por la playa. Recuerdo que caminé durante mucho tiempo. Fue pasado el mediodía, cuando aparecí por casa, me eché en la cama a dormir y terminé una página más de mi vida.

Los colegas suponen uno de los ejes esenciales en mi mundo, que también aquí, en José Ignacio, necesitaba anclar cuanto antes a mi senda. Héctor, David y Ros son las personas con las que comparto el *piso patera*. Así denominábamos a nuestro hogar. Un apartamento que, a través de David, habíamos alquilado a un señor mayor que se ganaba un dinero con nosotros y no nos controlaba demasiado. En este piso iban y venían colegas de continuo. Solía interesarles a nuevos voluntarios de ONGs cercanas, estudiantes o cualquier persona que necesitara refugio en algún momento. Héctor es uno de ellos, de los que vienen y van. David, Ros y yo somos los únicos habitantes fijos.

Por allí pasaban invitados que nos venían de lujo para afrontar gastos. El último mes estuve compartiendo mi cama con una chica argentina que estaba de paso. Su compañía hacía más incómoda mi estancia en la pequeña habitación, retiro elegido después de algunos bajones, para dormir o refugiarme en soledad, si bien con el dinero que ahorraba podía pillar más hierba y estar servida durante un tiempo.

En definitiva, mis colegas de aquí no difieren de los que dejé en los distintos lugares de España en los que estuve estudiando, ya que al final con mi forma de ser busco, y encuentro, gente parecida a mí. Resulta fácil encontrarme con ellos y convivir, lo que contribuye a integrarme con rapidez en la nueva ciudad que me acoge. Son personas que me dan lo que necesito cuando salgo a divertirme, con las que al final comparto mi intimidad y todo lo que soy.

Mi relación con David, algo te comenté en otra carta, es algo más que colegas. Con Héctor he estado descubriendo el lado más divertido, también el más oscuro. Es cañero, no se priva de nada. En ese sentido, hemos encajado bien. Me gusta su capacidad de experimentar, en ocasiones superior a la mía. Por ese buen entendimiento es por lo que no te debe resultar tan extraño el suceso que te he descrito. Sé que para ti volverá a ser otro síntoma de mi inmadurez, de mi perdición en el mundo de las drogas, y es la causa de mi dureza al escribirte. Porque después de lo sucedido, quiero que comprendas que vuelvo a ser yo. Quiero trasmitirte la paz que siento cuando percibo que me aceptan en el grupo.

No ha sido casual confesarte que después de drogarnos, folláramos en la playa. Lo he hecho para hacerte entender que nuestra relación es así, que no es como tú la entiendes, en la que hacer el amor, follar, o lo que sea en cada caso, está sobrevalorado. Para nosotros es una forma más de relacionarnos, sin comprometernos. Nos tocamos, nos acariciamos y nos besamos por el simple hecho de sentirnos bien, y en vez de reprimir nuestras emociones, las mostramos, sin cargarlas de excesivo significado. El que los mayores dais a esa realidad.

Por la tarde Héctor entró en mi habitación; no dormía, seguía tumbada, casi recuperada. Se acostó en mi cama, me abrazó y me transmitió su cariño.

—¿Ya mejor?

—Sí, ha sido un viaje fuerte —sonreí—. Hubo momentos en que estuve volada en exceso y sentí miedo.

—Lo sé, por eso no me separé de ti ni un momento. Al final la experiencia es mejor que con cristal, speed o coca.

Me abrazó más fuerte, noté su erección, me beso en los labios y se sentó en la cama para irse.

—¿Necesitas algo? —Preguntó mientras me acariciaba la mejilla, seguro que esperando algo más.

—No, no te preocupes, enseguida me levanto, me doy una ducha y empiezo a ser persona —sonreí.

—Me gusta salir contigo, somos parecidos, hacía tiempo que no compartía momentos tan agradables con nadie.

—A mí me pasa igual. Es curioso que dos españoles hayan tenido que hacer diez mil kilómetros para conocerse —volví a sonreírle acariciando la misma mano con la que acababa de tocarme—. Cuando regrese a España, tú serás un aliciente por el que merezca la pena esa vuelta.

Me volvió a besar en los labios y se marchó. Tú puedes creer que cuando un colega, de los de verdad, hace el amor contigo, te volverá a buscar para lo mismo, como si ninguna otra cosa pudiera interesarle. Te equivocarías. Igual que con Héctor, con otros hemos logrado ser amigos más allá de haber compartido sexo en alguna ocasión. Es cierto que me suelo entregar con demasiada facilidad y eso no me hace feliz. Procuro valorarlo desde la totalidad de acontecimientos que he vivido antes de llegar a ese momento. Es probable que no sea el más positivo, intento que no ensucien otros que han merecido estar ahí, para vivirlos, aunque su coste haya sido más elevado de lo que en un principio pudiera esperar.

Aquí siento que me resulta más fácil intimar y hacer amigos con tíos. Me sucedía igual en España. He comprendido que mis relaciones con chicas, ahora que paso más tiempo con Ros, siguen asociadas a las mismas barreras que otras veces. Me siento extraña, diferente a ellas, quizás sea por esa razón que puedo vivir con hombres nuevas experiencias, asumiendo determinados riesgos. En ocasiones se confunden conmigo, ven en mí una tía con ganas de follar, cuando lo único que busco es pasarlo bien, igual que ellos.

Por esa razón no planteo, de entrada, demasiadas reservas para conocer nuevos colegas, interactuar e intimar. Las mujeres no suelen ser tan abiertas. Cuando buscan encuentros sexuales para culminar sus fiestas se exhiben sin pudor, parecen simple mercancía. Considero irracional su forma de actuar. No comparto su desconfianza hacia el género masculino cuando piensan que los tíos solo buscan sexo al conocer a una chica. Confío en ellos, porque creo en las personas. En esto siempre discreparemos, Javier.

No soy tonta, sé que la mayoría de los hombres ven en mí un cuerpo que poseer y, por tanto, despliegan sus mejores habilidades sociales conmigo. Una vez que detecto sus intenciones, salvo que esté bajo los efectos de alguna droga y no controle lo suficiente, establezco las barreras oportunas. Evitar la oportunidad de conocer a alguien por simples prejuicios nunca podrá asociarse a mi forma de entender la vida.

Por último, tengo la sensación, cada vez más frecuente, que el hecho de que yo me pueda llevar tan bien con los tíos, provoca que alguna de mis colegas me observe como rival. No tanto en el objetivo de mantener relaciones sexuales, sino porque logro entablar amistad con ellos antes. Por caer mejor a los tíos genero distanciamientos.

Ignoro si estaré equivocada o no. Expreso con sinceridad lo que pienso. Por eso apenas he hablado de Ros. Llevo con ella bastante tiempo, sin embargo, nuestra relación no es íntima. Aún percibo cierta desconfianza por su parte. Creo que le gusta David, y la complicidad que mantengo con él tampoco ayuda. No desespero en mi objetivo de integrarla en este grupo. Si conseguimos animarla y llevarla de fiesta es posible que cambie su percepción de mí.

Estos son mis colegas, Javier. Me falta hablarte de Andrés, el fisioterapeuta de la organización en la que trabajo. Aún no sabría definir bien qué hay entre nosotros porque más allá de las colaboraciones necesarias, de su ayuda en momentos difíciles allí, creo que estamos al inicio de una auténtica relación de amistad. Es el comienzo, y me gusta porque intuyo que compartimos formas de vida similares.

Es la primera carta que te escribo transmitiéndote buenas vibraciones. Supongo que lo del consumo de pastillas no te habrá hecho mucha gracia. Reconoce, en cambio, que sentirme más estable te gusta. A mí, te aseguro que me encantaría pensar que mi bienestar pueda hacerte feliz. Ese nivel de importancia tienes en mi vida. Lo sabes, ¿verdad?

No sé amar, *septiembre de 2018*

¡Qué jodida y curiosa es esta vida! Tú, dirías ¡qué extraordinario es el ser humano que habita esta vida! Sin embargo, no te copio porque cuando tú lo dices percibo el significado positivo que la palabra "extraordinario" puede tener. Hace unos días te envié la carta más positiva desde que estoy aquí. Ni siquiera cuando viví en otros sitios, sentí tanto optimismo en mis palabras.

Hoy no es así.

Te escribo desde un escenario maravilloso, próximo al que había escogido hasta ahora, con un faro en la misma orilla del mar. Queda a la derecha de mi casa, tras caminar algo más de un kilómetro por la playa. En la base en la que se sustenta, hay unas rocas que cruzo y avanzo por la pequeña lengua de tierra que se introduce en el mar. A unos 50 metros existe un lugar en el que me acomodo. Salvo cuando aparece algún pescador, lo habitual es que me encuentre sola. Las ideas fluyen con libertad, entonces me apetece escribirte lo que surge directo desde mi corazón, sin ningún tipo de filtro que haga bonito lo que no es, o que intente darle belleza al sinsentido de aquellos actos de los que no me siento orgullosa.

Con ello no quiero justificar mi actitud. Salí a pasear, desde la casa de unos colegas de Maldonado, ciudad que se encuentra a unos cuarenta minutos de donde está nuestra vivienda. Sus ganas de reír y divertirse ese día no estaban en sintonía con mi estado de ánimo por lo que opté por pasear en dirección al faro. De repente me atormentaron pensamientos acerca de mi relación con Miguel, y me pregunté por qué había llegado a ese estado. No tengo respuestas. Me asaltó una reflexión definitiva, la seguridad de no saber amar.

¿Javier, recuerdas la primera carta que te envíe contándote el final de mi relación con él? La entereza con la que asumía seguir, después de tener historias con otros hombres, debido a la certeza de que él volvería a perdonarme, sin desear ni un instante acabar con nuestra relación, sino reforzar ésta tras cada uno de nuestros baches. Decidí dejarlo por justicia, por inseguridad en mi misma, por no creer que fuera capaz de frenar mi comportamiento cuando voy cargada de drogas que no sé controlar.

Fueron muchas locuras, te conté algunas, otras he procurado ignorarlas, ni siquiera se las conté a él. Créeme que no fue por engañarlo, sino porque a veces soy incapaz de recordar lo sucedido en la última fiesta. Hasta ese nivel fui capaz de perder el control. De llegar a ese estado alterado de conciencia que podía reconstruir, solo tras conversaciones con personas que habían estado cerca de mí en esos momentos.

Ayer, tras hablar con mi amiga Liliana, a través de Skype, recordando algunas cosas que hemos vivido juntas en España, sufrí un fuerte impacto emocional, y hoy se ha removido todo, recordando el mal que le hice a Miguel. Por esa razón he llegado a la conclusión de que no sé amar. Y a pesar de no estar pensando en este momento en David, ¿si nuestra relación fuera a más, pasaría lo mismo?

La última locura antes de salir de España fue con mi camello habitual. Fuimos a su casa a pillar speed y cristal. Íbamos a un festival de música y necesitábamos material para tres días que preveíamos intensos. De los de dormir poco, bailar y escuchar música sin detener nuestra energía ni un instante. No sé cómo resultó así. Terminamos saliendo a tomar unas copas por el pueblo y acabamos la fiesta en su casa. Nos metimos todo lo imaginable. El objetivo estaba claro, el dinero era escaso y el camello quiso cobrar en carne. Liliana no sé lo que hizo, lo intuyo tal como se desarrolló la situación. Apenas recuerdo lo que hice yo. Sé que no me importó liarme con él. Sólo he logrado traer de mi memoria imágenes sueltas: desnuda, con el tipo al lado, con Liliana algo más lejos, todos en la misma cama. Imagino que debimos follar hasta caer reventados. Sin sentido, sin buscarlo, sin placer, sin recuerdos, salvo las escasas escenas de las que ella me ha hablado.

En cierta medida me alegro de mi imposibilidad de recordad lo sucedido en aquel momento. Si hubiese tenido que contarle esto a Miguel, creo que no habría podido soportar sentirme tan mierda como me siento ahora. ¿Sabes? No merece lo que le he hecho. Con él encontré el amor. Seguro que ha sido la única persona que estuvo conmigo porque sentía cosas bonitas. Cuando hacíamos el amor volaba, me serenaba, estaba segura a su lado. Junto a él, nada de lo que hacía mi otro yo me importaba, no echaba de menos fiestas, drogas o colegas. Lograba ser yo quien le amara. En su ausencia se desvanecía y aparecía la otra María, aquella que es incapaz de desear algo más que disfrutar. La que no sabe amar. Así de triste.

Soy un puto desastre. Cuando dejo que esa María se adueñe de mi vida no soy capaz de quedar con amigos a tomar algo, al igual que hacen el resto de personas normales. Bajo su poder, mi único objetivo es salir de fiesta, beber hasta perder el control y, si la ocasión es propicia, meterme toda la droga que circule cerca de mí, con la intención de desaparecer entre copas, rayas o lo que sea. En ese momento soy la otra, la que ríe, baila, escucha música, se enrolla con cualquiera, es divertida, sociable...

en definitiva, la falsa María. Falso es lo que no sale de mí si no le ayudo con alguna sustancia que permita dibujar la persona que deseo ser, que querría creer que soy, que necesito ser. Del todo artificial.

Me autoengaño. Cuando conozco algún nuevo tío, después de pensar que es una persona interesante, atraída por mi conversación, mis conocimientos o mi forma de comportarme, resulta ser uno más de los que buscan lo que con, tu sabiduría, me recordabas que persigue la gente, a altas horas de la madrugada cuando ya no recuerdan ni su propio nombre. "¿María, de verdad, piensas que, a las cinco de la madrugada, los tíos que se acercan a ti lo hacen para mantener una conversación sobre Platón o Sócrates?". Cuando aparece esa imagen en mi cabeza, y te recuerdo preguntándome tan serio logras que sonría.

Liliana se encargó de que no olvidara que, antes del suceso con el camello, tampoco fue afortunada la noche anterior a lo relatado. Ignoro por qué deseaba trasmitirme los detalles de aquel día, quizás porque también se sentía sucia. En cualquier caso, rememoramos que me lié con un tío bastante mayor que yo. Sé que lo único que me atrajo de él fue que, después de hablarme de barcos, mi pasión, me ofreció navegar en uno.

Navegamos de madrugada, dejándonos bailar por un mar tranquilo, mientras observábamos un cielo estrellado, precioso, bonito, romántico. Entre amigos. Él dejó a su mujer en casa, en ese momento tenía claro que el negocio era otro. La claridad del recuerdo de mi amiga distaba del mío, que apareció de repente con absoluta crudeza. Apoyada en la barandilla del barco, bien agarrada a ella, con los pantalones y las bragas bajadas, mientras él me penetraba desde atrás, afianzándose con fuerza a mis caderas. Apareció de repente la imagen y, peor aún, volvió a mi pensamiento la conversación de aquel momento:

—Joder qué buen polvo estamos echando —afirmaba sin detener el vaivén de sus caderas—. Me había fijado en ti hace tiempo, te tenía ganas.

No hablaba, lo sentía dentro de mí, me preguntaba qué estaba haciendo. La magia del mar, la noche y las estrellas iban desapareciendo a cada embestida suya.

—¡Dios, qué bueno!

Sentí que se humedecía mi espalda, sin saber si eran gotas de agua procedentes del mar o su baba, al caer mientras hablaba. Los sentidos ampliaban su cobertura, las drogas se ocupaban de la infamia o la frustración, no lo sé. En ese momento toqué el lugar exacto de mi espalda donde percibí esa humedad, sintiendo aún más asco, de él, de mí.

—Qué culo más cojonudo tienes —decía mientras me daba palmadas en los glúteos manteniendo un ritmo que deseaba que finalizara lo antes posible.

—Seguro que no te habían follado así nunca, ¿eh?

En ese momento, cuando mi rabia no podía crecer más, al comprobar la facilidad con la que me regalaba a tipos sin fuste, sin nada que ofrecerme, sin nada que aportar en mi vida, fui yo la que empezó a acoplarse aún más a su movimiento, acelerándolo, con el fin de terminar cuanto antes. Cuando a los pocos segundos se corrió empecé a sentirme mejor. No necesitaba que estuviera dentro alguien que no tenía sentido que formara parte de mí, ni siquiera unos minutos. ¿Por qué coño no sabré darme cuenta a tiempo?

Da igual que sean estas historias, las que te conté en la otra carta, o las nuevas que seguro viviré. Miguel me perdonaba otra vez. Sólo le preocupaba saber si cuando terminaba de hacérmelo con un tío, sentía algo por él. Si pudiera explicarle lo vivido, por ejemplo, con el capullo del barco, ¿haría falta decirle que lo único que puedo sentir en esos casos es rabia o asco?

Al ser solo sexo, él se serenaba pensando entonces que nuestro amor estaba a salvo. Lo estaba, aunque yo me empeñase en hacerlo cada vez más complicado. No sólo con él. Reflexionando sobre las distintas relaciones que he tenido, sé con certeza mi absoluta incapacidad para amar. Sé acompañar, pero no sé entregarme hasta el punto de crear un compromiso sólido con la persona a la que quiero.

El cielo está empezando a perder los colores, el atardecer se impone y desde este lugar los tonos grises me alegran poco. Javier, es la primera vez que siento en los últimos días esta terrible melancolía, y no quiero seguir de esta manera.

Él me amaba hasta lo imposible, cada día aumenta la tentación de llamarle. Pienso en enviarle un mensaje, decirle que mi amor por él grita dentro de mí pidiéndome que lo busque, que lo haga volver a mi lado, que no soy nada si no continúa enseñándome a amar.

Hoy no podía resistir más, y como no me atrevo a enviársela a él, y tú eres la persona capaz de comprender este acto, te vuelvo a regalar su poesía, la que he construido pensando en él, sin dejar de pensar en ti, en tu presencia constante en mi vida, incluso cuando no la merezco.

Después de recorrer bares inmundos,
de consumir alcohol hasta cansarme,
de reír sin dejar de llorarme,
de buscar lo que nunca es fecundo.
Ahí estás tú, tu mirada,
el recuerdo del amor que echo de menos.
Estás tú, y tu mirar ajeno,
no queriendo que me sienta destrozada.
Él, que siempre me desahoga,
tú que caminas en mi vida entre neblinas

y yo entre sentimientos envueltos en papelinas,
rompiendo mi cuerpo con drogas.
No sé amar, te pierdo,
y duele, y mata.
Por eso quisiera tenerte en mi fragata
y luchar por lo que hoy recuerdo.

Anochece, hace frío. Tengo que volver antes de que los colegas salgan en mi búsqueda para irnos de copas por ahí, o porque alguien se acuerde de que existo y entonces me echen de menos. Tengo que volver porque tengo frío, tengo helado el corazón, y no soy capaz de creer demasiado en mí. Sé, al contrario, que la solución a mis bajones será, al igual que en otras ocasiones, volver a beber y tomar lo que necesite para no recordar. Miento, beber y tomar para ocultar el mayor tiempo posible todas mis inseguridades, miedos y angustias presentes.

Me da miedo amar, Javier, sabiendo cómo duele lo que he perdido. Lo más grave es, que cada vez siento que me cuesta más trabajo creer en el amor, en ser capaz de amar cuando lo único que puedo entregar con seguridad es mi cuerpo, único valor para los que se acercan a mí. Hoy no era un buen día para escribirte, quizás por eso lo he hecho.

Speed, *septiembre de 2018*

Hacía tiempo que no me metía speed. Desde que tenía 19 años, cuando andaba lejos de casa, y lo descubrí con aquellos colegas que no perdonaban un fin de semana sin consumo, no había vuelto a experimentar con él. Sí, mucho tiempo. Años. Parece que esta estancia en Uruguay pierde su sentido iniciático, se ha transformado en la reconversión de los parámetros vitales que se están asentando. Es una concepción nueva, diferente, cercana a lo que entiendo por libertad, una réplica sencilla de mi realidad anterior. En ocasiones, tengo la sensación de que no avanzo demasiado. Te lo digo en esta carta, después de vivir mis primeras experiencias con esta droga aquí.

Te comentaba lo de la réplica porque ya he vuelto a encontrar mis lugares con los que estar con gente alternativa, con aquellos hábitos desastrosos que han marcado mi existencia. Esta vez se trataba de un bar de rock que no conocía, donde por fin encontré un lugar para divertirme. Sé que no es tu música favorita, pero me hizo mucha ilusión ver que pinchaban ska. Desde que llegué aquí, rara vez escuchaba esa música en ningún sitio. Además, puestos a pinchar, un amigo de Héctor lo hacía en un barril de cerveza para los colegas, y eso puedes imaginar que ayudaba a hacer más agradable el sitio en el que me encontraba.

La gente con la que estuve allí sintonizó bien conmigo. El problema fue sumar una nueva razón para llegar tarde al trabajo o, peor, para faltar días sin previo aviso, sin ninguna explicación, sin importarme las consecuencias que terminarán por provocar mi expulsión de la asociación. Ni ellos me tragan, ni yo tengo claro que quiera continuar. Te aseguro que no busco excusas para que me echen, lo que suceda lo asumo como posibles efectos colaterales que, a su vez, son necesarios para mi crecimiento personal, pero más difíciles de afrontar de lo que pensé al inicio.

Mi encuentro con el speed comenzó con un tío que conocí en un bar, y que estuvo toda la noche intentándolo conmigo. Yo, le seguía el rollo, intentando establecer límites. No era mi intención jugar con él, lo único que hacía era dejarle estar cerca porque no me pareció un simple baboso, de esos que te amargan la fiesta. Lo intentó todo, acercamientos físicos, hablarme de infinidad de cosas, algunas de ellas interesantes, lanzar halagos a mi belleza, a mi inteligencia... ¡Manda cojones lo que un tipo puede hacer para follar! Y, al final, optó por armamento pesado, el speed. Me ofreció un par de tiros y los acepté. Me apetecía volver a sentirme bien con esta droga que, en el pasado, tan buenos momentos me había regalado.

Cerraban el local, estaba amaneciendo, lo lógico hubiese sido emprender una retirada a tiempo, pasar la resaca de alcohol en mi casa. No fue así, preferí colarme con él en un aseo y meterme ese par de tiros. Fueron unas rayas bien grandes, el colega no iba mal surtido. Su generosidad estaba directamente relacionada con la idea de que me bajara las bragas y montarme allí mismo. Estaba bueno, el speed quiero decir. En él ni siquiera me había fijado. Después de compartir el rulo para meterme un tercer viaje, salimos del aseo. No hubo bajada de bragas, ignoraba que esa noche no la habría.

Sé los riesgos que aceptaba compartiendo el billete enrollado para inhalar las líneas con las que estaba diseñando mi estado psicológico. No es fácil parar cuando estás preparada para salir de viaje. Esas tres rayas me hicieron revivir la fiesta, pegarme un subidón, venirme arriba con ganas de bailar y pasarlo bien. Emprendimos entonces la retirada hacia nuestro piso, con el nuevo amigo, con Héctor y con otros colegas de éste, que andaban de paso por José Ignacio. Cayeron más rayas, más alcohol y mucha música. Seguíamos con el ska, ya que esta música se convirtió en la plataforma de lanzamiento de mi vuelo.

Él quería tener sexo conmigo, yo no, ya se lo había dejado claro en el aseo del bar. Iba volada, no controlaba. En otras situaciones el tipo habría tenido éxito, en este caso la subida me llevó al otro extremo y dejó el sexo para después. Porque sí lo hubo, conmigo, sin necesidad de nadie. Él no lo entendió igual, una de las veces que fui a mi cuarto a por papel para liarme un peta me acompañó, me abrazó y me robó un beso.

—¡Qué haces tío! —Grité cabreada, sin retirarle la sonrisa artificial que la droga me había pintado en la cara desde hacía horas.

—¡Tía, me gustas! —Me abrazó mientras intentaba volver a besarme —Joder, podíamos quedarnos aquí, en tu habitación y...

—Va, estate tranquilo —bajé el tono de mi voz mientras lo apartaba e intentaba, con los pocos recursos neuronales que me quedaban, encontrar la mejor forma de quitármelo de encima —. Se nota que eres un buen tío, pero no me apetece hacer nada.

—Meterte unos tiros gratis calentando sí. Follar después no, ¿verdad? —Percibí que empezaba a mostrarse agresivo porque me agarró el brazo con fuerza.

—De verdad que no es por ti...

No me dejó terminar, me atrajo hacia él, apretándome aún más el brazo, y volvió a darme un beso. Intentaba meterme la lengua en la boca, noté su saliva en la comisura de mis labios. Me sentí violentada. No deseaba tener sexo esa noche, y menos si alguien intentaba hacerlo a la fuerza, como estaba empezando a suceder. Tiré fuerte de mi brazo y conseguí soltarme de la garra que lo aprisionaba.

—¡Déjame, hostias! —Grité, quedó paralizado un instante, sorprendido, creyendo que me haría cambiar de opinión y cedería a sus empeños. Ignoraba que esa noche estaba segura que me arrepentiría si accedía a hacer algo con él.

—Eres una zorra calientapollas.

—Y tú un gilipollas. Sal de mi habitación.

—Sí, me voy, ¡que te jodan puta! —Gritó mientras intentaba salir tambaleándose por el estado en el que iba y por el tropiezo que tuvo con mi almohada, con la que me acurruco para dormir y, muchas veces, pensar en ti. Esta vez no estaba para pensar en nosotros, sino para olvidarme de ese pavo, centrándome en el estado tan cojonudo en el que me encontraba antes de este episodio, y del que no quería salir.

Las drogas a veces generan esas reacciones negativas, de violencia incluso. Sigo creyendo que no es un problema directo de ellas, sino que su efecto facilita la salida de lo que es habitual que reprimamos en cada uno de nosotros. Si es bondad y amor saldrá eso, si es una persona llena de sombras y fantasmas, que no ha resuelto, saldrán las peores reacciones. El tipo que se cruzó en mi vida esa noche era de estas últimas, de las que suele habitar la calle entrada la madrugada, y que al amanecer lo único que persiguen es encontrar un cuerpo para dar rienda suelta a sus impulsos sexuales o, de lo contrario, trazar rumbos de frustración cargados de ira. Gente por la que no merece la pena perder momentos de placer como el que estaba logrando esa noche.

Javier, deberías reforzarme el hecho de que yendo tan colocada, fuera capaz de quitarme a alguien así de encima. Lo sucedido debería romper tu teoría acerca de cuáles son los estados en los que soy una pieza fácil, hasta para los más perdidos. A veces tú también te equivocas.

En mi cuarto me olvidé de todo, y en lo único que me centré fue en el placer que sentía. Cuando volví al salón, donde se desarrollaba la fiesta, apenas quedaba nadie. La gente o estaba durmiendo por los rincones que quedaban libres o se había ido. Eso hizo mi nuevo amigo, pensando que una retirada a tiempo era mejor que la victoria que tenía previsto lograr.

Me quedé bailando un rato con Héctor, que aguantaba bien a pesar de arrastrar un ciego relevante. Seguimos riendo, nos abrazamos, nos besamos. Hubo cierto nivel de pasión, pero ambos emprendimos la huida a nuestras respectivas habitaciones. No sabría decirte la razón, quizás fuese porque esa noche sintonizábamos deseos diferentes, y aunque ambos teníamos las ganas, sabíamos que era mejor no empezar. Preveíamos que después aparecería el bajón que nos recordaría que no era eso lo que necesitábamos.

Sin embargo, deseaba sexo, lo había notado a lo largo de la velada. No con él, ni por supuesto con el tipo que había conocido esa noche. Conmigo. Lo necesitaba porque los tiros de speed me provocaron ese aumento de deseo. Cuando me hago varias rayas en una noche los efectos son rápidos, me encuentro con una sensación de bienestar formidable, la que todavía sentía cuando me acosté, eufórica, y aun sabiendo que comenzaba el declive, en ese momento me pareció infinito. Tuve muchas ganas de hablar, de estar más con la gente, sin cansancio, sin hambre, con esa fuerza que me llevó a no parar de bailar. La sensación fue de poder. Efectos que se multiplican conforme voy esnifando más. En mi fase maniaca eso aumenta, creo que de eso se trataba. De hecho, llevo varios días de subida emocional, con sus correspondientes bajadas, si bien con menor intensidad que cuando me encuentro en un estado más depresivo. Sé que según tú no es posible, pero mi médico aquí dice que sí, y coincido con él.

En la fase maniaca, bajo los efectos del speed aún presentes, siento ganas de experimentar más placer. Te hablo de sexo. Con esta droga es más potente. Percibes que sientes más y, por supuesto, me muestro más activa, con menos barreras, abierta a las experiencias que puedan surgir. No recordaba haberlo necesitado tanto esa noche. Dado que nadie iba a solucionarlo empecé a tocarme. Me desnudé y comencé con suaves caricias que fueron incrementando el ritmo, hasta que estallé en un orgasmo descomunal, mejor que otros que me había proporcionado el sexo compartido. Esta vez fue la almohada el discreto testigo al que ofrecí mis gemidos y en la que ahogué todas aquellas fantasías que me hubiese gustado hacer realidad.

Fue un momento de placer absoluto. Tendida en la cama cerré los ojos, y pasearon por mi cabeza los pasados en los que fui feliz. Lloraba, cada lágrima era el rastro húmedo que mi emoción dibujaba con la esperanza de no naufragar. Fui consciente de que no lo lograría. No se puede añorar lo que nunca se ha tenido, por ello mi fantasía se hizo deseo, volví a correrme en un mar de pasión, emociones y sentimientos.

Esta experiencia fue nueva para mí.

Supongo que habrás intuido, Javier, que estaba cruzando límites que, aunque se reflejasen en el plano emocional, en la apariencia ficticia de mi imaginación, no era bueno que atravesara, a pesar de la felicidad provocada al traspasarlos.

No estoy en contra de las drogas, sí de un consumo irresponsable que reconozco tener en ocasiones. Cuando lo puedo controlar me anima a seguir metiéndome. El speed de esa noche me llevó a lugares de mi interior que nunca hubiese sido capaz de creer que existieran. No puedo contarte más. No debo.

Me quedé dormida.

El bajón de esa misma tarde fue duro. Fue peor de noche. Debí dormirme cerca del mediodía, cambié el ritmo de sueño. Me notaba muy cansada, agotada física y psicológicamente. La experiencia sexual acompañada de la resaca de speed y alcohol, me hicieron precipitarme al vacío. No fue un abismo, no te asustes, pero me llevó a un estado depresivo, de tristeza absoluta. Comencé a llorar. No sabría describirte una razón concreta. Me sentía vacía, al mismo tiempo que me invadía un sentimiento desconocido, de rabia e impotencia, sin comprender bien por qué. Son esos momentos en los que creo que me voy a volver loca, si es que no lo estoy ya.

Hasta esa situación tuvo su aspecto positivo porque me animó a salir a pasear por la playa, cuando brillaba la escasa luz de las farolas de la rambla y, por supuesto, la que parece guiar mis pasos, la del faro. Para poder relajarme, procurar un estado de normalidad más cercano al bienestar que al abatimiento, me hice un peta y me lo fui fumando a lo largo de la playa. Eché a andar, dejé que mi fantasía creara pensamientos que me hicieran sentir igual de feliz que la madrugada anterior, buscar un atisbo de felicidad que, sin gran esfuerzo de concentración, me permitiese por un segundo ese instante de serenidad tan ansiado.

Fue un paseo agradable, aunque las lágrimas me acompañasen todo el tiempo. Lágrimas silenciosas, provocadas por la resaca del día después, lágrimas que contenían restos de mi inseguridad, de aquello que me hacía debatirme entre la violación de límites imposibles, o lo que yo consideraba una obligación temeraria. Una duda que podré resolver contigo algún día.

Cristal, *octubre de 2018*

De vez en cuando hago turismo. Aunque pienses que solo estoy en casa o en los bares cercanos, en ocasiones suelo aprovechar para hacer alguna excursión. Hace unos días estuve en el lago Andresito. Le llaman el lago Encantado, porque su aparición fue la consecuencia de realizar una represa a lo largo del río Negro. Cuando sus aguas están bajas, se puede contemplar vestigios del antiguo poblado. Ahora, aun siendo un lago artificial, es de tal magnitud, que su contorno se ha transformado en un paraje natural de una belleza extraordinaria. Te resultará raro que sea capaz de escribirte una carta contándote las maravillas naturales de Uruguay. Podría, pero tendrías razón. En realidad, no fue una excursión turística, no hice los casi 300 kilómetros que hay desde José Ignacio para ver un lugar tan bonito. Es más, pude ver poco porque estuve más centrada en el objetivo por el que decidimos ir a pasar tres días allí. Tres jornadas intensas por lo excesivo que al final resultó.

Fuimos al Festival de Rock del Lago Andresito, donde tocaban más de 30 grupos, entre los que estaban los dos que más me habían gustado desde que llegué. Por una parte, mis favoritos, los uruguayos "La Vela Puerca" que tocan rock y ska. Por otra parte, "Rata Blanca", que a pesar de que tocan heavy y power metal, las letras de sus canciones me encantan. Tienen una canción que se llama "Estás en mis sueños" y hay un momento en que se escucha:

Y por las noches puedo sentir su calor,
su dulce magia me hace perder la razón,
y de mis sueños creo que un día escapó
para esconderse dentro de mi corazón.

Los Rata son de Argentina y la verdad que verlos, escucharlos junto al resto de grupos fue una experiencia extraordinaria. Desde que había llegado aquí no había asistido a ningún festival, lo echaba de menos.

Héctor fue el impulsor, yo la que le ayudé con la logística del viaje y otras cosas. David se animó y logramos que Ros se sumara. Nos metimos en un coche que le dejaron a David, cargamos con lo necesario en cuanto a comida, bebida y lo demás.

Partimos. Perdí dos días de trabajo, sucedieron muchas cosas, pero fue un momento que me gustó vivir.

Javier, lo mismo no te lo describo como te gustaría. Sé, en cambio, que de esta forma podrás imaginártelo mejor. Lo preparamos bien. Deseaba pasar unos días donde nadie me controlara, donde sentirme libre, donde poder disfrutar con mis colegas y con otros, que conoceríamos allí. Predominaba mi hedonismo. Así lo defines, pero te aseguro que en esta ocasión lo necesitaba. Quería verme tal cual soy, en uno de los ambientes más propios de mi caminar habitual, varios días bailando, bebiendo, tomando drogas y, cuando lo necesitara, descansando en alguna de las dos tiendas de campaña en la que nos instalamos. Una para mí y David, otra para Héctor y Ros. Y, claro, hubo sexo, demasiado, de todo tipo.

Hubo de más. Es imposible acordarme de lo sucedido en esos días. El recuerdo que llega a mi memoria es el de la inmediatez. Pasaba deprisa, sin tiempo para pensar en lo que hacía. Las drogas ayudaron. Tomé todo aquello que se puso cerca de mí, tiré bastante de cristal, esnifado o en las bebidas que nos preparábamos, buscando el efecto que nunca me ha fallado con esta droga.

Te he comentado otras veces que con cristal la música suena mejor, la gente está más cercana, es un continuo reír y bailar. No hubo malos rollos, ni disgustos. Cuando ocurría algo que a alguno no le gustaba se solucionaba con birras y petas, o lo que se terciara. Estaba en la fase de ampliar relaciones, compartía lo que tuviera, con quien fuera, y funcionaba mejor. Conocí a gente que me gustó. Logré ese estado continuo de felicidad, energía y bienestar que me proporciona el cristal. Los recuerdos que tengo del festival están matizados por esa droga, y por otras que ayudaban a volar más alto. Es cierto que lo recuerdo en parte, nunca de manera completa. Solo grabé en mi memoria los relevantes.

Tuvimos la suerte de poder acampar cerca de la orilla del lago. De esta forma, cuando quería alejarme del tumulto y la música, iba andando a mi tienda, observaba el agua, un espejo infinito en el que se reflejaba el cielo y el sol por la mañana, o las estrellas y la luna cuando la luz desaparecía. La primera noche nos pusimos a tono con el alcohol. Con David terminé dentro de la tienda haciendo el amor de una manera serena, bonita. A veces veo en él la persona que puede llenar el vacío que me invade cada vez más a menudo. Quizás lo hubiese logrado. El destino, en cambio, es caprichoso, me tenía preparada otra sorpresa.

Esa misma madrugada conocí a Sebastián, "El Enano", la voz de la Vela Puerca. Es un tipo mayor, supera los 40, todavía se mueve bien en el escenario. Mis colegas andaban cada uno por su lado, y aproveché su ausencia para acercarme a los miembros del grupo para transmitirles cuánto me gustaban. Hablamos de las diferencias que había entre el ska que hacían ellos y el que yo conocía en España. Intentaba explicarles que ellos sonaban más metálicos, pero al final, entre risas y alcohol, perdimos el hilo de la discusión y terminamos cantando *a capela* unos versos de una canción que me gusta, "Para no verte más". Una canción que me recuerda a ti.

Estoy buscando refugio, en manos de una pared
que ni siquiera me escucha y yo, fingiendo mi lucha,
engañándome otra vez.
Ya nada me divierte como solía ocurrir.
Voy persiguiendo mi risa, ella se fuga deprisa burlándose de mí.

De todos los músicos de la banda, y otros conocidos suyos, con quien más intimé fue con Mario, un antiguo batería del grupo. Ya no tocaba con ellos porque tenía su propia banda. Me atrajo que fuera español. Llevaba en Uruguay diez años y, por lo visto, no tenía intención de volver.

—¿Volver para qué, María? —Preguntó mientras me pasaba el peta que nos estábamos fumando en la parte de atrás de su furgoneta—. Yo estoy genial aquí, por nada del mundo quiero regresar a España.

—¡Me encantaría tener las ideas tan claras como tú! —Comenté mientras me acercaba a él, no buscando más intimidad, sino encontrando un punto de apoyo que me ayudase a mantenerme erguida.

—Bueno, cuando yo vine me pasó algo parecido a ti. Era estudiante, joven y no sabía bien qué hacer. Tocaba bien la batería y los de la Vela me hicieron una prueba. Ahí empezó mi historia aquí.

—¡Hostia qué guapo!

—Sí, estuvo bien —sonrió viendo el estado tan deplorable en el que me encontraba.

Mario me atraía, podría decir que estaba excitándome solo con oírlo y mirarlo. Por eso cuando se acercó y me besó, me dejé hacer.

—Besas bonito, María.

—¿Bonito?

—Sí, noto tus labios húmedos, tu lengua buscando la mía y cómo nuestras bocas se cierran para atrapar un instante lleno de amor.

—¡Joder, acabo de mojar las bragas!

—¡Mira que eres bestia! —Rió con fuerza.

No desaprovechó la ocasión para abrazarme y empezar a acariciarme. Lo que venía a continuación estaba claro, deseaba que sucediera cuanto antes. Hasta la mañana siguiente, cuando ya calentaba el sol, no salí de la furgoneta, en la que disponía de lo necesario para sobrevivir los días de concierto. Fuera, ya no estaba. La huida forma parte de las relaciones que se establecen en estos sitios, por íntimas que puedan parecer, por intensas que sean. Al final somos un conjunto de almas libres, que circulan por la vida, se detienen de vez en cuando para hacer el amor con alguien, o compartir un poco de felicidad bajo la forma de alguna de las drogas que consumimos. Luego siguen su trayectoria. Estamos condenados a estar solos, por mucha gente que tengamos alrededor. Este razonamiento sirve para comprender la actitud que mantuvieron mis colegas durante esos tres días. A veces coincidíamos, más por casualidad que porque nos buscáramos.

Es complicado hablar y pensar acerca del compromiso cuando nuestras vidas se desarrollan de una forma esquiva. No solo la mía. David supo cómo ocupar su tiempo. Recuerdo con especial realismo el momento en que me acerqué a la tienda de campaña que compartíamos, oí gemidos y pequeños gritos. En ningún momento pensé que cuando entrara me encontraría la imagen de Ros, a horcajadas sobre David, cabalgándolo con toda su fuerza. Lo que vi, y grabé en mi memoria, fue la cara desencajada de ella al verme en esa situación, pero también por el orgasmo que, juraría, sentía justo en ese momento.

No llegué a entrar, volví a cerrar la tienda y me di la vuelta. A los pocos minutos salió David.

—Ningún problema, ¿cierto, María?

—No, por supuesto —contesté sin saber bien qué debía decir.

—Bien, me alegro. Tú ¿estás bien? —Preguntó al tiempo que me cogía del brazo intentando aproximarse.

—Claro —me dejé abrazar por él, y que me besara en la mejilla.

Mi amigo…

Después salió Ros, los tres empezamos a conversar sobre los grupos que actuaban en ese momento, por si coincidíamos e íbamos juntos. Mientras que para cualquier persona aquello hubiese parecido un triángulo amoroso, para nosotros suponía seguir conociendo a nuestros colegas, mantener nuestra amistad, y ser respetuosos con lo que cada uno deseaba hacer en cada instante. Javier, ¿de verdad quieres que te hable de compromiso, de sentimientos, de iniciar una relación con alguien?

El resto del Festival lo pasé igual, multiplicando mi consumo de alcohol, de drogas y de ganas de conocer gente. Hubo entonces más sexo, ya no tan bonito, ni tan solidario. Ni siquiera con Héctor que, sin tener claras sus razones, pensó que lo podía tener más fácil conmigo. Esta vez no fue tan considerado. Iba puesto todo el tiempo, lo que le condujo a pensar que podía tener sencillo follar conmigo a poco que le apeteciera. Apenas hacía falta presionar, me dejaba yo con todas las ganas que te proporciona un colocón continuo durante varios días.

Esa fue la parte jodida del Festival. No voy a emplear la palabra adicción porque sabes que no coincido contigo en ese diagnóstico. Sí empiezo a preocuparme. Alcohol, cannabis, cristal, speed, éxtasis... No sé cuántas cosas me metí, hubo ocasiones que, estando volada, aún quería más. Durante los dos últimos días percibí una continua hipersensibilidad al tacto. Un tío podía acariciarme y yo correrme casi de forma inmediata. ¿Cómo no mantenerme en ese estado tan increíble? Buscaba ese contacto. Estuve más locuaz que nunca, desinhibida, eufórica. La expresión de felicidad máxima. Hasta el bajón final.

Las últimas horas antes de volver a José Ignacio fue lo peor. Teníamos que desmontar las tiendas de campaña, pero me metí en una y no quise salir. Tuve pensamientos paranoides acerca de la gente que estaba cerca, pensaba que estaban mirándome, hablando de mí. Creía, más bien deliraba, que esas personas, al menos algunas de ellas, habrían follado conmigo durante el festival y ahora me iban a recriminar y exigir algo. Mis colegas intentaron convencerme de la estupidez que suponía lo que estaba montando sin argumentos racionales. ¿Cómo hacer frente a un brote psicótico? Tuve un mal viaje, producido por alguna de las sustancias que tomé al final. No controlaba, cualquier cosa que me ofrecían me la comía, la esnifaba o la bebía. Viví un absoluto descontrol.

David, cubriéndome con una chaqueta para convencerme de que nadie podría identificarme, y que yo no viera a nadie, logró llevarme hasta el coche. Ros se sentó junto a mí, pasó buena parte del viaje de vuelta acariciándome las mejillas, hablándome de cosas bonitas. Se mostró como una fiel amiga. Lo agradecí, si bien en ese instante, solo me preocupaba recuperar la normalidad psicológica cuanto antes. Hicimos una parada en una playa desierta y decidimos pasar la noche bajo un cielo lleno de estrellas. Mejorando, me alegré de la decisión porque prefería llegar a José Ignacio recuperada.

Ahora que han pasado algunos días creo que influyó la medicación que estoy tomando para el trastorno bipolar. No sé si lo tengo o no, tomar las pastillas al mismo tiempo que otras tantas drogas, como hice en los últimos días, debió ser lo que causó aquel delirio. No sé si estoy peor, pero a pesar de que me empeño en recordar el festival creyendo que fue una experiencia fantástica, cuando empiezo a sumar las situaciones en las que asumí riesgos, o decidí cosas sin tener el control necesario, me pregunto si no estaré caminando hacia un abismo que no termino de ver, que intuyo por los comportamientos que estoy desarrollando.

Supongo que tu respuesta será muy contundente, la merezco y, en cierta medida, la temo y espero. La necesito. Ten en cuenta que cuando te escribo lo hago con la serenidad de haber analizado lo que ha pasado, sabiendo que a pesar de que no estoy obligada a contártelo, lo hago con el deseo de que conozcas lo sucedido. Quizás es un grito ahogado pidiendo ayuda, que luego no acepto cuando tú me la ofreces. A pesar de ello no puedo dejar de pedírtela.

No sé cómo voy a continuar, ignoro si seré capaz de encontrar algo que me lleve por la ruta adecuada, al menos por alguna de ellas. No sé ni siquiera qué haré esta misma noche. Supongo que pronto volveré a cometer otras locuras. Javier, cada día que pasa me conozco menos, cada vez tengo más dudas acerca de quién quiero ser y, desde luego, qué senda pretendo caminar.

Excesos, *noviembre de 2018*

Es la primera vez que escribo la palabra exceso. Es tu palabra y la odio con toda mi alma. Cuando la empleas, me provocas una cadena de reacciones emocionales que hacen que te odie, unos segundos, pero no puedo evitar sentir ese rechazo. Lo sabes y, aun así, la sigues utilizando. ¿Ves? A mí, lo que menos me gusta de ti, al final, termina encantándome, porque eres capaz de mantenerte en tu lugar, a pesar de que yo no te sea afín y no me guste lo que dices. Quieres ayudarme, lo haces. Al final te lo reconozco y te sigo queriendo tanto como siempre.

¿Excesos? Muchos, Javier. Después de mi última carta me pediste que me atreviera a hacerte un listado con los últimos excesos. Me duele, sé que eso es lo que pretendes y por eso me he atrevido. Para hablarte de ellos, debo hacerlo desde la importancia que Héctor está adquiriendo en mi vida. Con él estoy saliendo más. Antes compartía su compañía con David, pero desde lo ocurrido en el festival, procuro alejarme. Seguimos haciendo el amor de vez en cuando. Somos simples colegas, sin nada más entre nosotros. Es curioso, porque lo que sucedió en el Festival me hizo sentir celos. Hice lo mismo, muchas más veces y con más distanciamiento emocional. Ni siquiera me acordé de él en los días que estuvimos allí, ¡y eso que compartíamos la misma tienda de campaña! Mis múltiples incongruencias.

¡Cojones qué rara soy!

Ahora salgo más con Héctor y unos colegas suyos, a los que llamamos los pastilleros. Con ellos montamos fiestas cada vez que podemos. No hace falta que te explique el origen de su apodo ¿verdad? En efecto, tienen toda la variedad que puedas imaginar, sobre todo de éxtasis y, junto a las Patricias que nos bebemos cuando nos juntamos en casa de alguno de ellos, empezamos a volar rumbo a la fiesta que se nos presente. Cuando te hablo de volar te lo digo casi en sentido literal.

Exceso es conducir un coche colocada por completo, sin el menor control de la situación, sin la percepción de riesgo o miedo que me haga ser más prudente, y recorrer los algo más de 30 kilómetros que hay entre nuestra casa y Punta del Este. Parar en alguno de los antros de la zona, meternos más alcohol o lo que se tercie y, tras pegarnos unos bailes, volver a casa conduciendo, más volada.

Exceso es desaparecer un fin de semana en Playa Brava, con unos tipos que conocí ese mismo día, no decir a nadie dónde estaba, ni con quién, pasar el fin de semana tirada entre la arena y la tienda de campaña, por supuesto metiéndome de todo, y dejándome hacer. No imaginas lo patético que resulta haber follado con varios tíos y después no recordar ni sus nombres. Ni sus caras, Javier.

Exceso es lo que te he descrito en esas situaciones más extremas, también en otras menos intensas, por ejemplo, meterme la droga que me ofrece cualquiera, sin saber qué es lo que estoy consumiendo y, lo peor, sin saber con qué sustancias habrán cortado lo que me dan. Eso suele suceder en la fase en la que, estando ida, sin el menor control de la situación, me vale aquello que no implique la necesidad de decidir, otorgándoles a otros esta capacidad. Ellos se encargan de tomarla por mí.

Exceso es colarnos sin permiso en una urbanización de lujo en Punta del Este y bañarme desnuda en una piscina con otros colegas, refrescarnos, e intentar, sin éxito, bajar el subidón. Cruzar límites insospechados cuando en la piscina cada uno da rienda suelta a sus apetencias, en solitario o en grupo. Es exceso salir huyendo cuando alguien nos descubre. Todas y cada una de estas situaciones nos conducen a límites que, en ocasiones, nos pueden parecer divertidos, osados o llenos de adrenalina. También arriesgados.

No obstante, el mayor exceso, Javier, no es ninguno de los descritos hasta ahora. Lo que en verdad me sobrepasa es darme cuenta que cada día mi forma de vivir está más enmarcada en esos momentos, que, rara vez, puedo sentirme bien si no se da lo que necesito. Es mi falta de voluntad y control lo que más me preocupa. ¿Sigues creyendo que no tengo un trastorno bipolar o un trastorno mixto de personalidad, o cualquier otro trastorno mental?

La segunda parte de la tarea que me aconsejaste fue que describiera qué sentimientos me provocaban esos excesos. Creo que no siento nada, las drogas me anestesian, realizando entonces esas locuras. Después, las veo y analizo en perspectiva anulando cualquier atisbo de arrepentimiento, culpa u otro sentimiento que puede sobrevenirme. Cuando lo evalúo claro que me siento mal, lo hago desde una perspectiva racional que no disminuye mi deseo de volver a realizarlas, ni disminuye las ocasiones para que vuelvan a suceder. Sé que cada vez que se presente una nueva oportunidad, estaré dispuesta a disfrutar de mis excesos, acompañándolos con el arsenal de drogas y alcohol que requiera la ocasión.

Me encuentro en un camino que conduce a lo desconocido, lo que más me preocupa no es tanto conocer el final del mismo, sino tener la absoluta certeza de la imposibilidad de variar el destino. No hay cambios de sentido, ni atajos que eviten el triste desenlace que me aguarda con la espada preparada para cortar el hilo que me une a la realidad.

Me siento mal, en ocasiones deprimida. Con ganas de apartarme de este mundo. De momento son simples ideaciones, puesto que no las he desarrollado demasiado, ni he realizado conductas que lleven a preocuparme, aunque a veces tenga la sensación de querer morir, de querer desaparecer, de dejar de sufrir. ¡Joder, qué duro es el dolor continuo del alma!

He percibido una cierta esperanza a la que agarrarme, espero que con fuerza. Existen momentos preciosos, delante de un café, sin alcohol, sin drogas y con personas que siento que me quieren. Me estoy refiriendo a Ros. Se me eriza la piel cuando recuerdo su forma de disculparse por lo ocurrido con David. No soy capaz de evocar una situación en la que alguien me haya pedido perdón. Con el planteamiento que llevábamos en aquel festival, no era necesario que viniera a resarcirme, que se mostrara con esa sensibilidad hacia mí. Que de esa conversación encontrara una verdadera amiga me desbordó.

—Llevo varios días queriéndote pedir disculpas por lo que pasó con David en el festival.

—Sabes que no es necesario —respondí con sinceridad.

—Sí, lo necesito y quiero que me dejes decirte que no volverá a suceder.

—¡No! Eso es justo lo que no quería que pasara. Somos libres. Yo misma hice en el festival lo que me pareció conveniente y no os tuve en consideración.

—Bueno, a mí no tenías por qué tenerme en cuenta —se sorprendió.

—Te equivocas. Lo hice mal contigo, te insistí en que vinieras y luego apenas te dediqué tiempo.

—No importa, María.

—Te equivocas —la miré sonriéndole con cariño—. Tú estás empezando a ser importante para mí.

—Gracias —alargó su mano para acariciar la mía, sentí algo extraño, una corriente irradiándose a través de mi piel—. Para mí también estás siendo especial. Por ti, no por él, es por lo que quiero prometerte que no volverá a suceder nada entre nosotros. No quiero inmiscuirme en tu vida mientras estéis juntos.

—No sé ni siquiera si lo estamos —bajé la mirada deseando que me acariciara la mejilla con su mano. Lo hizo.

—Yo estaré aquí, cerca de ti —se acercó y me besó en la comisura de los labios.

La miré, sé que mis ojos se humedecieron, que mis pupilas se dilataron, que la observé con la pasión que ella podía esperar. La conversación fue larga, las caricias no decayeron, los besos intencionados aparecieron por sorpresa, el deseo estaba presente, el cariño era absoluto, y el amor… El amor me inundó, dejando subrayadas las líneas que enmarcaron ese día. Una buena senda. Sabía que era la que debía seguir y, sin embargo…

A lo largo de esa conversación nos fumamos varios porros que, por cierto, cada vez son más numerosos. Estoy empezando a descontrolar con los petas, ya ha sucedido en otros momentos de mi vida. Lo sabía, y aun así me líe otro para fumármelo sola, paseando por la playa. Necesitaba estar tranquila y, en esos momentos, la maría me facilita esa serenidad. Supongo que, en su momento, será uno de los frentes que tendré que atender y ver cómo solucionar. De momento no toca, tengo que centrarme en los sentimientos que abordan mi alma y que me hacen caminar en un sentido que desconocía.

Aquella conversación me descolocó. Sentí que algo dentro de mí se estaba moviendo con fuerza. ¿Sentimientos hacia ella? ¿Cariño por haber encontrado una amistad más sólida de lo que pensé en un primer momento? ¿Amor? Caminé mucho, y en esta ocasión, te aseguro que hice senda, surgieron dudas acerca de mi relación con ella. No era el momento de resolverlas, aun sabiendo que sería lo único que me podía devolver la estabilidad que tanto deseaba.

¿Te acuerdas? En ese instante vino a mi recuerdo aquel momento, de nuestra conversación, en la que fuiste capaz de liberar en mí una fuerza que no imaginaba que poseyese.

—María, busca aquello que quieras que ocurra —hiciste una leve pausa y continuaste—, busca realizar tus deseos. Atiende a tu yo interior cuando te hable.

—Procuro estar atenta, Javier.

—No es cierto. El alcohol u otras drogas te suelen tener más abatida de lo que tú crees y no eres capaz de diseñar tu propio caminar.

—A pesar de estar algo pasada, procuro que mi cabeza esté clara.

—No es eso, María. Se trata de hacer senda.

—¿Que camine?

—No. La diferencia entre caminar y hacer senda es que si caminas sobrevives. En cambio, haces senda cuando percibes que los pasos que vas dando asientan en ti la seguridad de que estás creciendo. Busca lo que desees que pase. No lo olvides.

No lo he olvidado ni un instante desde entonces. Te necesito, más como amigo que como psicólogo. Te he necesitado desde que te conocí, desde que me abriste la puerta de tu despacho y empezaste a derramar magia en mi existencia. Sabes que siempre estaré agradecida. Ese día, después de la conversación con Ros, sentí que te necesitaba más que nunca. Ese día fue la única vez que hubiese vuelto a España de inmediato, para hablarte, para escucharte, y ver tu mirada escudriñando mis sentimientos en ese instante. Necesitaba que tus ojos analizaran cada una de mis emociones, que interpretaras cada una de mis palabras, que me desnudaras por completo hasta hacerme ver aquello de lo que no quería tomar consciencia. ¿Eres capaz de comprender lo que siento?

Caminé y me senté en la arena, junto al faro, abracé mis piernas, me acaricié, dejé que brotaran lágrimas de felicidad o algo similar, que no sé cómo descubrí en tu mirada. Deseé que me hablaras al finalizar de recorrer mi cuerpo con tus caricias. Cerré los ojos, me dejé acunar por la brisa, y reviví cada una de las palabras que seguro me habrías dicho. Así te sentí.

Mi caminar es errático. Veo la piedra en la que daré el traspié que hará que caiga y, con más energía si cabe, me dirijo a ella. Soy incapaz de parar un segundo, reflexionar. Vago con demasiada desilusión, sintiéndome incapaz de seguir almacenando mierda, fiesta tras fiesta, droga tras droga, tío tras tío. Con Ros sentí que algo en mí era puro, no sé si fue tan intenso para cambiar patrones desquiciados de mi persona, pero fue bello, muy bello, Javier.

El día después, *enero de 2019*

He tardado en escribirte, no por falta de ganas, las tenía todas, te lo aseguro. Estaba enfadada contigo. Sé que tus respuestas son las que deben ser, cuando me recuerdas el peligro que encierra determinado tipo de conductas. Lo haces por mí. Sé que me quieres y que me deseas lo mejor. De eso soy consciente, Javier, pero no quiero reconocer que tienes razón, que debo cambiar, que no sé cómo hacerlo, que ando perdida.

Que no me respondes lo que necesito.

Ya no es cuestión de excesos, a veces, se trata de la pérdida casi absoluta de un norte que me permita vislumbrar cuál debe ser mi meta, qué recorrido debo emprender. ¿Quieres conocer más excesos? La otra noche, después de un día entero consumiendo, porque fuimos empalmando una celebración por la mañana con una comida de la asociación, al mediodía, y una noche de las de liarla al máximo, acabé con un tío, al que hoy no reconocería si me lo encontrase en la calle.

Lo que recuerdo fue el fin de nuestra conversación. No fue distinto a ninguna de las veces que me enamoré en bares de mala muerte.

—¿Vamos a mi casa? —Preguntó, todavía acodado en la barra del bar en el que nos estábamos tomando una copa.

—No sé —respondí, sabiendo que la respuesta era sí, intentando transmitir alguna resistencia.

—Venga, vamos y nos metemos unos tiros. En casa tengo buen material.

—¿Seguro?, ¿no te estás quedando conmigo?

—¡Hostia que sí! Del mismo de antes, del que te has metido conmigo en el aseo, mejor.

—Lo mismo me voy para mi casa.

—No te voy a hacer nada, joder. Vamos a seguir pasándolo bien y ya está.

—Que lo sé, es que voy ya muy pasada.

—Un par de tiros, un poco de música y después te llevo a tu casa, —hizo una pausa—. Tengo casi todo de La Vela Puerca.

—¿En serio, te gusta La Vela?

—Si vienes te pongo lo que te apetezca.

Poco después estábamos en su casa, igual que en cualquier otra que he visitado, poniendo colofón al desenfreno mantenido. Estaba tendida en su cama, desnuda, y sintiendo que me penetraba tras haber logrado, con grandes esfuerzos, la erección suficiente para adentrarse en mí. Sonaba de fondo la música de La Vela, nos habíamos metido algunos tiros, creo recordar que más de dos y, al final, se convertía en la misma realidad, esa que tanto odio, la ausencia absoluta de respeto hacia mí misma, a tener un compromiso conmigo, a quererme.

Después de varias horas haciendo lo que él había estado buscando toda la noche, después de dejarme hacer, apenas era capaz de imponer alguna reticencia, y de tomar ninguna precaución, se aprovechó de lo borracha y colocada que estaba, corriéndose dentro de mí varias veces esa madrugada. Cuando por la mañana desperté y quité de mi lado al tipo, comprobé que lo que notaba entre mis piernas era su semen reseco. Me sentí un puto desastre, me levanté, me duché y me fui.

Compré la píldora del día después, fui a casa y me la tragué de inmediato. De todas las burradas que hago, faltaría que me quedara preñada, y de un desconocido que no me interesaba nada. Ni siquiera lo hice con él por sentirme querida, como en otras ocasiones, ni porque fuera agradable o me gustara. El tipo iba puesto de speed hasta arriba, y se habría tirado a cualquiera que se le hubiese abierto de piernas. Ninguno estábamos interesado en el otro. Él tenía unas ganas enormes de follar y yo fui incapaz de decir que no, porque la ausencia de asertividad en mi persona es patológica y no sé cómo enfrentarme a esas situaciones.

Fue de las veces que más sucia me sentí. Me acordé de otras tantas, aquí y allí en España, donde la única salida era dejarme hacer, tomarme la pastilla después y afrontar el bajonazo emocional que me invade, por el arrepentimiento de haber estado con esa clase de tíos, y por la disminución del efecto de la droga y el alcohol. Lo supero, y entonces sé que volveré a estar en una fiesta similar a la anterior y es posible que termine igual. Es más, creo que en ese momento apenas me importa lo que suceda, presto atención a que estoy a gusto, aunque alguno me genere rechazo.

Muchas veces mis movidas y mis fiestas, en vez de terminar en una cafetería tomando un buen desayuno, han terminado en la farmacia comiéndome la píldora para evitar procrear la mierda de alguno de estos. Aquí, en cambio, no disponía de una farmacia para adquirirla, podía pedírsela a mi camello que, por cierto, el cabrón me cobró un buen dinero por la pastilla. Seguro que intuyó la urgencia de mi necesidad y aplicó la ley de la oferta y la demanda en su peor versión. Y a pesar de lo que te he comentado no te voy a engañar, mientras me follan procuro disfrutar porque pienso en estar bien, y me centro en el placer que me proporcionan, a pesar de que en este caso fuera pobre y escaso.

¿Ya no es necesario que los siga registrando?, me refiero a los excesos. No necesitas más datos, ni yo tomar más consciencia, ¿verdad?

Ese mismo día, después de los últimos acontecimientos, intenté acortar las distancias, cada vez más grandes, que se están abriendo entre David y yo. Te dije que no era mi intención tener con él una relación estable, ha sido la más duradera desde que rompí con Miguel. No sé decirte bien por qué lo quise intentar de nuevo, igual es porque tengo miedo a esta soledad, cada vez más violenta, y necesito sentir a alguien cerca.

—Sé que lo hemos hablado en otras ocasiones y los dos tenemos claro cómo actuar —aseguraba en ese momento, dándole la razón a la inexistencia de un compromiso mayor que el que habíamos aceptado—. Reconozco que siento cariño por ti.

—Y yo María —me abrazó—. Eres un ser maravilloso y por eso es tan bonito hacer el amor contigo, dormir juntos, compartir sonrisas.

—Entonces comprendes que, por mi parte, quiera acercarme más a ti, conseguir…

—¡Para, María! —Interrumpió con brusquedad—. No sigas por ahí. Mantenemos una buena relación, en cambio es evidente que buscamos alternativas diferentes a nuestra soledad. Yo sería incapaz de asumir tu ritmo de vida si tuviésemos un compromiso mayor.

—Entiendo —afirmé, intentando detener las lágrimas que notaba acumularse en mis ojos.

—Si fuéramos pareja, necesitaría que acabaras con algunos de tus comportamientos y sé que serías incapaz —hizo una pausa—. Y no te lo reprocho, porque creo que debes seguir el camino que te has trazado sin condicionarlo a la exigencia de nadie.

—Ya, sé lo qué quieres decir —era incapaz de articular oraciones más largas, sabía que su longitud sería interrumpida por las emociones que se estaban acumulando en ese momento. Me sentía rechazada.

—Ahí estaré, haremos el amor cuando nos apetezca. Sabes que te tengo cariño, mucho cariño.

Lo sabía. Me tenía el cariño que se le puede tener a cualquier animal de compañía. En mi caso, esa compañía le proporcionaba un placer físico suficiente para saciar sus necesidades y deseos, con independencia de que los consiguiera conmigo o con otra. Saciaba un cuerpo con el que, de vez en cuando, creía encontrar en su contacto físico algo más que ese afecto. Me equivoqué, quizás de forma definitiva.

—No te encuentres mal, preciosa —me aconsejó, mientras me abarcaba con más fuerza intentando detener lo que ya era imposible, un mar de frustración en forma de lágrimas, sin control alguno.

No sólo no logré el acercamiento, sino que lo pierdo cada vez más. No lo culpo, pero era ahora cuando necesitaba intentar algo más serio con él. Fue esta desilusión, más conmigo que con David, la que hizo que aceptara una oferta de Andrés, para navegar costeando toda Punta del Este. Iban a ser cuatro días que coincidían con unas fiestas locales, por lo que no teníamos que acudir al trabajo, y las guardias estaban cubiertas por otros compañeros.

Dije que sí. En esta ocasión no buscaba tanto la fiesta como evadirme en barco a través de un mar tan maravillo, el Océano Atlántico. ¡Surcar el mar! Mi sueño. Al final se apuntaron dos colegas de Andrés, pude convencer a Ros que, desde la última conversación, estaba más receptiva, e incluso podía considerarla mi amiga. Por otra parte, ella permitía compensar la equidad en cuanto a sexos.

La ciudad peninsular de Punta del Este tiene muchos kilómetros de costa, por lo que puedes imaginarte la de sitios paradisíacos que pudimos encontrar. Fueron momentos formidables en los que sentí que algo en mí se recomponía. No me refiero a los grandes problemas, sí al menos a la forma de afrontar el día a día, jornadas en apariencia más tranquilas de lo que venía siendo habitual hasta ese momento. Claro que hubo alcohol, y otras cosas, y sexo por supuesto. Pero fue más sano que lo vivido en las últimas semanas.

De hecho, me sirvió para conocer más a Andrés, derribar rémoras emocionales que nos quedaban, consecuencia de malos rollos en la asociación, y comprobar que podíamos ser colegas. De hecho, de Punta del Este me traje tres momentos increíbles. El primero, éste que acabo de comentarte, ganar un amigo más. Estas sumas sirven para fortalecerme psicológicamente y, en los últimos tiempos, necesitaba que pasaran cosas buenas y ésta, sin duda, lo era.

El segundo momento fue consolidar mi amistad con Ros, a la que percibo cada vez más cercana, creo que vamos sintiendo algo especial. Es por eso que el tercer momento tiene que ver con un lugar que me fascinó y que conocí junto a Ros, y que desde ese momento se ha cargado de un gran valor emocional para mí. Me refiero al monumento de Los Dedos, que está en Playa Brava. Se trata de cinco dedos enormes, de más de tres metros de altura, que salen desde dentro de la tierra.

—No sé si salen pidiendo ayuda —miré a Ros mientras los contemplábamos extasiadas.

—Tienes razón, parece que quieren agarrarse a algo —contestó al tiempo que se abrazaba a mí.

—A la vida, Ros —la abracé también y la miré con toda la ternura—. Quizás nos están queriendo decir algo.

—Sí, que la vida hay que abrazarla como viene, no dejarla escapar y vivirla hasta el extremo. Por eso, María...

Se detuvo contemplándome con una pasión que, pocas veces, había sentido de otras personas. Me asusté, quería saber si era cierta mi sensación, deseando que lo fuera.

—¿Por eso qué, Ros?

—Nada, que debemos ser capaces de vivir lo que nos va sucediendo, sin miedo, sin…

—Yo no tengo ningún miedo a la vida —interrumpí—, y menos si me lleva a vivir experiencias con personas como tú.

En ese instante fui yo la que la contempló con determinación, con el deseo de que pasara lo que estaba a punto de suceder, y que ambas queríamos que ocurriera. Apoyadas en el dedo índice más grande que debe existir en el mundo, nos besamos hasta quedar sin aire, mientras compartíamos nuestras lenguas, nuestras salivas y nuestras sonrisas. No sé qué significará ese momento para nuestro futuro, no sólo me excitó estar así con ella, sino que fueron unos segundos que, desde entonces, rememoro con deseo, placer, serenidad y amor. Javier, vuelvo a sentir el amor, no recordaba haberlo sentido de esta manera desde hacía mucho tiempo.

Setas, *enero de 2019*

En el último mes he pensado mucho en ti. Lamento haberte preocupado con mis últimas cartas. Hay momentos en los que pienso que esta correspondencia no tiene demasiado sentido y valoro la posibilidad de dejar de escribirte. Cuando pasa un tiempo, echo tanto de menos poder transmitirte lo que siento, que vuelvo a hacerlo. Espero que para ti, más allá de la desesperanza que te genera mi locura, sea agradable saber de mí o, al menos, saber que existo por este mundo del que muchas veces creo que no me pertenece nada o, peor, al que aún no pertenezco demasiado.

Voy a intentar que el color de mis palabras sea cálido y bello. No te prometo nada concreto, sí el esfuerzo de intentarlo.

Hace unos días descubrí un lugar muy bonito a pocos kilómetros de aquí. A veces, somos incapaces de apreciar la belleza que tenemos tan cerca. Menos mal que no me pasó con El Caracol, un balneario de este país no tan llamativo y conocido, pero con más encanto. Un sitio que el ser humano no ha conseguido todavía depredar y, por esa razón, aún mantiene playas vírgenes increíbles, junto a un lago salado, cuyo acceso solo se puede alcanzar con una embarcación, que ofrece rincones mágicos. Pasamos un fin de semana fantástico, que culminamos la última noche en Valizas, donde se extienden millares de dunas inmensas, acogedoras, infinitas.

Fuimos Ros, Andrés y dos colegas suyos. Un grupo del que podía fiarme, distinto a los personajes habituales que adornan la historia de mi vida. Este encuentro sirvió para afianzar mi amistad con Ros, porque desde hacía tiempo ella iluminaba el sentido de mi vida. Sin duda, es lo mejor que me ha pasado desde que estoy en este país.

Fue tranquilo, nos bañamos, buceamos, paseamos, y aunque estuvieron presentes los petas y el alcohol, intenté controlar mis últimos excesos y reducir el consumo paralelo de varias sustancias, a las que había recurrido con demasiada frecuencia en mis últimas salidas, y de lo que no me siento orgullosa. Tuve la intención no de abandonarlas, sí de llevar cuidado con su ingesta. Lo siento Javier.

Se colaron los hongos que trajeron los colegas de Andrés. Estos tipos me gustaron porque tenían un planteamiento de vida natural, donde la libertad, el placer y el deseo se conjuntan en una propuesta mística, que no religiosa, que les guía por el sendero de la felicidad. Ellos parten de la idea de que nadie es malo, igual que pienso yo, sino que momentos absurdos pueden conducir a realizar actos impuros, que pueden limpiarse a través de planteamientos como los que ellos llevan a cabo. Entre otras, el consumo de hongos les permite "viajes espirituales" que le hacen conocer mejor un presente, que se empecinan en expandir hasta el límite de sus vértices.

¡Joder, esta filosofía era la que yo necesitaba! Me presté a ingerir las setas que me condujeran por ese viaje. Fue la última noche, entre dunas, con una luna enorme que nos amparaba mientras las consumíamos. Iban bien provistos, tenían hongos frescos, secos y esporas. Se encargaron de prepararlos. Sabíamos que, con una dosis alta, comiendo unos diez gramos cada uno, en media hora empezaríamos a sentir los efectos que, durante unas cuatro o cinco horas, nos provocaría una euforia que terminaría por abatir un estado de conciencia alterado. Pude comprobar que, en ese estado, la percepción sensorial se modifica hasta el punto que se disocia cuerpo y mente, y entonces podemos encontrar el inicio del viaje.

Fue increíble. No me creerás y, es posible que te enfades conmigo, sentí mejoras en mi caminar, ese que desde hacía tiempo me estaba conduciendo por sitios equivocados. Comerme aquellas setas, junto a personas en las que podía confiar, me permitió abrir aún más mi conciencia y conseguir un viaje placentero, con más sentido. Estuve eufórica, sin hacer las locuras que, con otras drogas, suelen suceder. No existieron riesgos, ni me presté como un objeto ante cualquiera que estuviese cerca de mí.

Fui una persona con sentimientos, con deseos, respetando y siendo respetada. Me sentí adulta. Los pensamientos eran más creativos, la percepción se ampliaba y estrechaba, de una manera fulminante, permitiendo una capacidad de atención especial. Tan especial como los colegas que estaban conmigo. Con la fluidez de un lenguaje cargado de emociones, se estableció una comunicación positiva en lo relacionado con el amor. Fui consciente de que en esta vida puedes querer con todas las energías que los hongos contribuyen a extraer de dentro de cada uno de nosotros. No es artificial, la droga sacaba de mi lo que ya poseía que, al estar tapiado, no era capaz de expresarlo.

—¿Sabes por qué acabo de besarte, Ros? —Pregunté al separar con lentitud mis labios de su boca.

—¿Por qué me quieres? —Respondió abrazándome con fuerza.

—¡Por qué a través de ti amo al mundo, a las personas que están en este mundo, y ellos nos aman a nosotros!

—¡Sí, la vida y el amor nos ha elegido a nosotros! —Dijo uno de los colegas, cuyo nombre no recuerdo ahora—. Tú,

María, eres luz, fíjate, brilla tu aura. Irradia sobre mí, ¿lo ves? —Preguntó mientras nos abrazaba a las dos y empezaba a besarnos a ambas.

—¡Lo veo! —Exclamé al mismo tiempo que me echaba en la arena, y ellos conmigo, formando una unidad humana, diferente a cualquier otra experiencia vivida.

Empezó entonces una noche de amor, donde los cinco dimos rienda suelta a nuestros deseos. Antes de que se esfumara el efecto de la dosis, nos comimos unos pocos gramos más, esperando el amanecer en ese estado tan extraordinario en el que nos hallábamos. Las primeras luces del día nos descubrieron soñolientos, con nuestros cuerpos agotados después de haber hecho el amor. Y de haberlo hecho, Javier, serenos, cuidándonos, queriéndonos muchas veces a lo largo de esa mágica noche.

Desnudos por completo no parecía la imagen triste, sucia y lamentable de una noche de fiesta mal gestionada, como en tantas ocasiones. Al contrario, éramos la viva imagen del amor, de los sentimientos libres. Volvía de mi viaje, iniciático, tranquila, descubriendo una María diferente. Pero al no existir la droga perfecta, la resaca de la mañana siguiente fue importante, diría que extraordinaria.

Era ya mediodía cuando decidí pasear sola a través de esas dunas emergentes y acogedoras. Los demás iniciaban la vuelta a la realidad tras el vuelo vivido, con lentitud. Me vi más activa que el resto y aproveché para perderme en mis pensamientos, intentando ordenarlos a pesar de un dolor de cabeza considerable y un impresionante aplanamiento emocional. Estaba hecha polvo, pero me sentía bien. Las setas no son una droga mala, Javier. Recordé diferentes momentos sucedidos durante esa madrugada de amor y, por primera vez, en tiempo, no me sentí culpable, ni mala, ni con el arrepentimiento que, en demasiadas ocasiones, aparecía tras encuentros sin sentido.

Me sentía feliz. Había descubierto, en una sola noche, lo que estaba buscando desde hacía mucho. Pensé en Ros, y pensé en ti. Me pregunté cómo soy y ¿sabes qué respondí? Soy amor. Creo que podría aprender a dar ese amor. Y por primera vez no fue un simple pensamiento sin más trayectoria que mi propia desidia. Ros sintió lo mismo. Al día siguiente, en José Ignacio, hablamos y se abrió entre nosotras una posibilidad. También una brecha. El dolor en el amor está presente, pero ese amor existía. Estaba ahí.

—Fuiste todo amor conmigo, María —dijo mientras desayunábamos solas en casa.

—Gracias. Tú lo fuiste conmigo.

—Conocía tus besos, tus abrazos, tus miradas y tu sonrisa —hizo una pausa—, pero no conocía tus caricias, cuando tus dedos…

—¡Ros! —Interrumpí sonrojándome, acariciando su mejilla con cariño.

—¡Sí, María!, cuando tus dedos entraron en mí, supe que el viaje tenía que ser contigo. La vida quiere que lo vivamos juntas. ¿No te das cuenta?

—Ros, no sé qué decir —me incliné hacia ella y besé sus labios.

—Sigues siendo todo amor —afirmó mientras lamía con su lengua los labios que habían recibido mi beso.

—Me gusta amarte. Siento que mi vida adquiere sentido cuando estoy contigo, sin embargo…

—No. No embargues nada —interrumpió echándose en mis brazos—. Bésame y escucha lo que tu corazón te dice.

—Podría hacerte el amor en este instante —me sorprendí ante la contundencia de esos sentimientos.

—¡Hazlo María!

Se lanzó a mi boca, sus labios besaron los míos, bebió mi saliva con la avidez del sediento de amor, con la esperanza de encontrar en mí la persona con quien comenzar una nueva vida en común. No me resistí, me dejé atrapar por el deseo físico de tenerla entre mis brazos, entre mis piernas, de amarla hasta que ambas buscáramos el aire que nos repusiera del combate de amor que deseábamos prolongar hasta el infinito. Le sostuve su cara con las dos manos e intenté no dejar que respirara más allá de mi boca, que encontrara a través de mí el único sustento para seguir viviendo. Nos amamos e inundamos de amor una cama que, húmeda, nos imploraba que siguiéramos hasta el final de los tiempos. ¡Ojalá hubiese sido así!, ¡que el amor no tuviera esa puerta trasera llena de dolor!, ¡y haber sido más valiente!

No he conocido el amor sin dolor, y ni siquiera sé si existe, por eso y a pesar del daño que sabía que le haría, dejé que apareciera en el que sentía por ella. A pesar de que esta vez albergaba la esperanza de que fuese distinto, no supe cómo hacer senda.

—¿Comprendes que quiera intentarlo? —Pregunté sabiendo que era absurdo lo que transmitía.

—María, tú apenas estás con él. Quizás ni siquiera lo amas.

—No lo sé, después de Valizas debo intentarlo con David. Una última vez.

—Él te ha dicho que no quiere más compromiso. Por favor, acéptame —rogó, sin poder reprimir las lágrimas.

—No, Ros. No desciendas, no te arrastres. No dejes que tu amor por mi te maltrate. No pierdas el valor extraordinario que tienes —dije llorando, porque sentía emociones que me hacían temblar cuando la abrazaba.

—No me importa hacerlo. Dime lo que deseas y te lo daré.

—Si no hubiese otra persona en mi vida, no tendrías que hacer nada —hice una pausa—. Serías tú.

Esa última frase, la dije sin estar segura, emergió de mis labios de forma espontánea porque era lo que de verdad sentía cuando me acerqué a ella, y la volví a besar con toda la pasión que supe expresar en ese momento. Me estaba enamorando, ya no era una simple atracción física, sino que descubrí una sensación nueva por completo. En el plano emocional estaba bien. No recordaba haberme sentido así desde hacía tiempo. Esta vez existía una completa atracción emocional.

Por otra parte, sé que era absurdo intentarlo de nuevo con David, tal como había ido evolucionando nuestra relación, lo más previsible era perderlo de manera definitiva. Necesitaba intentarlo, a pesar de que fuese un nuevo intento de huida. Una escapada que tú siempre me has recriminado. Deseaba que te equivocases para no tener que cargar el resto de mi vida con la insoportable tristeza de arriesgar mi felicidad por un miedo injustificado.

¿Ser feliz con una mujer? ¿Miedo? ¿Amor? Esas eran las dudas que me asaltaban en los pocos momentos de lucidez que me permitía el excesivo consumo de drogas. Un camino lleno de sombras, un lugar oscuro y arriesgado.

En esta ocasión, al igual que en tantas otras, unos buenos petas con Héctor y sus colegas me devolvieron a la otra realidad, a esa en la que me sentía protegida de verdad, o al menos aquella que me servía para esconderme. Después, con el resto de drogas, no recuerdo apenas nada, tan solo que el escenario quedó fundido en negro. De nuevo la escena había concluido.

Él, *enero de 2019*

Después de tanto tiempo en Uruguay visité Montevideo por primera vez. Apenas pude ver nada de la ciudad, estuvimos poco. El interés que teníamos David y yo era ver a la Rata Blanca, que presentaba su nuevo disco en La Trastienda Club, un local de música alternativo, que ofrecía estas oportunidades a los nuevos grupos que surgían en el amplio espectro del pop-rock. Aproveché la ocasión porque llevaba tiempo queriendo abordar a David de nuevo, para intentar algo con él, esta vez definitivo.

¿Intentar qué?

No lo sabía en ese momento, ni sé describírtelo ahora, después de lo sucedido. Siento, o sentía, tampoco lo sé, algo diferente. Desde aquella conversación en la que le propuse que fuéramos algo más que simples amigos, no habíamos vuelto a hablar. Yo lo necesitaba. Cuando me enteré que iba a ver la presentación del nuevo disco, no lo dudé y me acoplé para acompañarlo. La idea era un poco loca, más de dos horas de viaje, ver al grupo y, una vez finalizado el concierto, volver a casa. Podíamos estar de vuelta en José Ignacio poco antes de empezar la jornada de trabajo del día siguiente. Una locura, tenía que apostar por una nueva oportunidad, y lo hice.

Que no fuera mi grupo favorito no evitó que me divirtiese. Bailamos, nos metimos alguna cosa para estar más a tono, y mantuvimos ese nivel con varias Patricias. Cuando terminamos, íbamos bastante colocados. La cerveza uruguaya ya te tumba. Si queríamos llegar al trabajo no podíamos variar el plan de viaje. Sabíamos que no íbamos en condiciones para conducir, en esos momentos la racionalidad no es la dueña del imperio que forma un cuerpo, arrastrado por unos pensamientos que lo aceleran. El desenlace estaba próximo, y cuando hicimos una parada en un descampado para orinar, allí mismo se inició el declive definitivo.

Después de vaciar parte del alcohol que habíamos consumido, nos hicimos un peta que fumamos junto al coche. La noche era espléndida, la luna transmitía una serenidad que subrayaba el hecho de no existir nada, ni nadie, cerca de nosotros. Era tarde y la gente descansaba, esperando un nuevo día. Apenas hablábamos, nos mirábamos, y reíamos cuando decíamos alguna incoherencia, típica del estado de conciencia que mantuvimos alterado. De repente, sin esperarlo, un beso, distinto a otros. Fue más pasional, más necesitado del placer que nos embargaba, desprovisto del amor de otras ocasiones. Empezó a recorrer mi cuerpo con sus manos. Yo me dejaba hacer. Y resultó frustrante porque, aun deseándolo, postergaba el objetivo de mi viaje, avanzar en nuestra relación.

Lo intuyó.

—Sé que te gustaría profundizar en nuestra última conversación, debes entender mi postura —lo decía sereno, mirando al frente mientras fumaba, con la serenidad del que sabe que está transmitiendo lo que necesita comunicar con exactitud.

—A mí me gustaría saber cuál es nuestra situación. Tenemos buen sexo, somos amigos, ¿no es posible algo más? —Pregunté intentando hacerlo reflexionar sobre lo que quería tratar con él.

—No quiero repetir el mismo cuento de entonces —hizo una pausa —No sé si en un futuro, ahora mismo es imposible encajar contigo, con tu forma de vivir...

—Estoy dispuesta a cambiar. Por ti lo haría. Estoy segura —le rogaba que me aceptara.

—Ya María, pero ahora mismo es imposible.

Decidió cortar la conversación y empezó a contarme la importancia del nuevo disco de la Rata. Lo acepté, no me quedaba otra alternativa, opté por quedarme con la frase que había mencionado segundos antes: "no sé si en un futuro". Aun sabiendo que era una remota posibilidad abierta de poder encontrar un camino conjunto, preferí interpretar una promesa en sus palabras. Quizás después podría pasar algo.

Y pasó.

Estaba excitado, no sólo lo notaba al frotar su pelvis en la mía, o al besarme con excesiva ansiedad, sino por su forma de buscar cómo follarme. Cuando logró desabotonar el pantalón, y bajármelo junto a las bragas, me dio la vuelta, me colocó contra el coche, y empezó a penetrarme con rudeza, sin ningún cariño, con la necesidad animal que mostraba en ese momento, y que antes me había demostrado. Me dejé llevar, pensando que me hacía el amor. Sabía que eso no era amor, quería sentirlo dentro de mí, sin olvidar que no embestía para amarme, sino que traspasaba aquel umbral que lo convertía en conquistador, en el emperador de un cuerpo al que quería demostrar que le pertenecía. Me sometí, claro que me sometí.

Sumisión.

Él buscaba vencer la escasa seguridad que tenía en mí misma. Y no sólo la venció, la destrozó, la trituró... La humilló. Él, la persona por la que deseaba intentar un cambio, dejó que me arrastrara por el fango, la suciedad, la más absoluta desesperanza.

Me sometió cuando de repente, sin hacerme partícipe, sin buscarlo con el cariño que lo habíamos hecho en otras ocasiones, me sodomizó. Con furia, con rabia, sin pensar más allá de su propio goce. Oía mis gritos y quejidos, y sentía las lágrimas humedecer mi rostro. Mientras, agarraba mis caderas para que no pudiera escapar de su ira. Me embestía con dureza, y fue entonces cuando surgió mi necesidad de huir. Tuve que esperar un buen rato, a que finalizara, que dejara mis restos abandonados, junto a él, a millones de kilómetros de allí.

Nos hicimos otro peta, estuvimos unos minutos sin hablar, aseando los cuerpos, porque el alma ya no era posible limpiarla. No dejé de llorar, él no se compadeció, fui objeto de su humillación. Si fue el alcohol, las drogas, la locura del momento o la venganza, lo ignoro, pero fue en ese momento cuando todo cambió, y no para mejor. Me rompí.

—¡Joder!, deja de llorar. Con esas lágrimas jodes el buen rato que pasamos.

—¿El buen rato, David? —Pregunté, mientras notaba que mis palabras naufragaban entre lágrimas.

—Tía, te cogí por el culo y lo pasamos bien, ¿no? —Preguntó convencido. Sus ojos parecían querer salir de las órbitas.

—¡No, joder!, ¡no así! —Exclamé con rabia.

—¡Me tienes hasta los cojones, María! —Hizo una leve pausa—. Tú follas de esta forma cada vez que sales de fiesta, sin importarte el tío que cojas cada noche. Te gusta que te follen, a pesar de repetir mil veces que no.

—¿Qué coño estás diciendo?

—¡Venga María, no te hagas la tonta! En el festival, por ejemplo, te lo hicieron unos colegas míos y te disfrutaron bien. ¿Acaso ya no lo recuerdas? Ese es tu problema, vas tan colgada de alcohol, o de lo que te metes, que no controlas nada.

—No me hagas esto, por favor —me sentí un absoluto despojo humano.

—¿Qué no te haga qué? Te lo haces tú. Esa forma tuya de entender pasarlo bien es una necesidad. No es posible estar contigo buscando algo más que follar. Debes comprenderlo. Yo no te lo reprocho, mientras me dejes lo aprovecharé como lo hacen otros. Tú deberías disfrutarlo y no estropear momentos tan cojonudos, poniéndote a llorar.

No pude responderle, era demoledor pensar que esa persona que hablaba era la misma que, momentos antes, creía que debía introducir en mi vida, en un proyecto conjunto, que hubiese querido llamar amor. Él siguió, parecía haber estado acumulando un manantial de odio que ahora, tras reventar todas las defensas, saliera sin ningún control.

—Mis colegas, los del festival, me explicaron que nunca habían visto a una tía con tantas ganas. Que te mostrabas igual que una perra en celo. Que tenías mucha necesidad de macho, y que ellos tres no parecían suficientes para ti. ¿Te das cuenta por dónde caminas?

—No —lloraba cada vez más.

—No te juzgo, debes decidir por ti misma qué trayecto vas a continuar trazando. Juntos hemos llegado hasta aquí, ahora podemos seguir o no. Tú decides.

Nos metimos en el coche y continuamos el viaje. Me acomodé lo que pude, sin llegar a encontrar la postura que me hiciese sentir cómoda. Después comprobaría que me había producido un desgarro anal, y estaba dolorida. Podría haberme echado en la parte de atrás, no quería que supiese cómo me encontraba. Cerré los ojos e intenté dormir. No pude. Tampoco dejé de llorar. No hablamos durante el trayecto. No quise volver a revivir las palabras que tanto daño me habían hecho. Esa madrugada vencí todas mis resistencias, afiancé la creencia de que soy nada. Sí, Javier, una mierda, un ser humano que ha perdido el rumbo de manera definitiva.

Con las primeras luces del día llegamos a casa. Ninguna ducha podía limpiar un alma maltrecha o curar un cuerpo herido. Encerrada en el baño pude restaurar los pedazos que quedaban de mí. Fui consciente del abismo que, a partir de ese día, no dejó de crecer y apoderarse de mi vida.

¿Por qué el abismo?

Javier, la sensación de ruina que se instauró en mi interior desde ese momento fue completa. No tanto porque no hubiese funcionado mi relación con David, a causa de un comportamiento y modo de entender la vida distinto, sino porque fue el punto de inflexión que me condujo a la caída definitiva. Lo que más daño me hizo fue darme cuenta de una realidad que me transmitió de una forma salvaje, coincidente con la tuya. No voy a cambiar y es probable que tuviese razón cuando dijo que mi forma de actuar es la que persigo en mi caminar.

Sois los demás los que deseáis que yo sea de otra forma, es imposible, yo soy así, ese es el camino que recorreré, a pesar de que me conduzca a la destrucción. Lo siento y quiero pedirte perdón porque sé que cuando leas estas palabras te sentirás derrotado. No debes asumir ninguna responsabilidad, porque toda ella me pertenece.

Tú no eres responsable de que yo sea incapaz de crecer como una persona normal, ni de que necesite arrojarme a la sima cada vez que logro subir unos peldaños por la escalera que debería conducir a mi bienestar. Y en esto estás equivocado, mi trastorno va más allá de un simple problema emocional, de un desajuste entre sentimientos y pensamientos.

¿Y ahora?

He encontrado refugio en Héctor, nuestros mundos de excesos son coincidentes, y buscamos momentos, donde la lucidez que nos permiten las drogas, brinden una oportunidad de compartir esas cuestiones que nos atenazan. Conoce lo ocurrido, sabe que necesito salir de José Ignacio cuanto antes. Me está ayudando a lograrlo. Desde lo sucedido paso casi todas las noches con él, no a modo de mujer despechada que busca otra alternativa, sino como una persona que necesita sentirse querida, ahora más que nunca, y él está dispuesto. A su manera, claro.

No me engaña, los dos sabemos que busca follar conmigo, lo hace, y me dejo hacer. Cuando más volada estoy y menos control tengo de la situación, sin apetecerme lo hago, porque con él he encontrado de nuevo el cariño. Aunque pueda parecerte extraño, percibo que me folla con fuerza, con deseo, con necesidad, nunca con la agresividad de la última vez que lo hice con David. Estoy con una persona que no pretende enamorarse de mí, me quiere, al igual que a otras colegas, con las que puede mantener relaciones sexuales. Percibo más amor así, que el mendigado en tantas ocasiones.

Entenderé que no quieras recibir más cartas, que no tengas ganas de sufrir por alguien que está tan desquiciada. Lo último que desearía es hacerte daño y comprendo que conocer estos retrocesos en mi vida, no deben generarte demasiada felicidad. ¡Ojalá hubiese sido capaz de hacerte feliz en algún momento! Con independencia de lo que tú decidas, que aceptaré con el cariño que te tengo, quiero que sepas que en momentos tan malos como el que pasé esa noche, regresando de Montevideo, necesité pensar en ti. Entre tanta lágrima, poder rescatar de mi mente una imagen tuya, un recuerdo de tu serenidad, una de tus sonrisas, me ayudó a calmar tanto dolor… y fue mucho el que sentí.

SEGUNDA PARTE

Y destrucción

El músico, *marzo de 2019*

No es Héctor. Al final la clave en este momento de mi recorrido vital está siendo Mario. ¿Te acuerdas del músico que conocí en el festival del Lago Encantado? Con él he logrado romper las primeras cadenas que me impuse en José Ignacio, y que necesitaba arrancar antes de volverme loca. Se acabó la condena, Javier. Ya no sufro las situaciones que me estaban encorsetando y que no podía superar. Si era un primer paso necesario en mi crecimiento personal, no lo sé, sí estoy convencida que fue el punto de inflexión que hizo que la vida volviera a adquirir el sentido que necesitaba encontrar.

Adiós José Ignacio, adiós a la locura que al final supuso David, al acomodo con Héctor y a la bonita Ros. Adiós a la asociación y a sus putas normas que estrujaban cualquier intento de sentirme útil, y a la que sólo debo agradecer que hayan sido capaces de aguantar mis enfrentamientos con ellos hasta el mismo día que les dije que me iba. Adiós a tantos momentos de no saber cómo seguir caminando.

Estaba en un bar oyendo música en directo y resultó que esa noche actuaba el grupo de Mario, Choto Bravo, puro ska y algo de rock más metálico. Yo iba tan a menudo a ese sitio que ni siquiera me preocupaba conocer quién actuaba. Había llegado al extremo en el que buscaba anestesiar la desidia de las mañanas, con el sopor del alcohol y los petas de la noche. Estar con colegas que ya conocía o descubrir nuevos tipos que, en la mayoría de los casos, buscaban algo más conmigo y que, algunos de ellos, encontraban. Mi vida, desde hacía algún tiempo, estaba dibujada con esos trazos gruesos, oscuros, impregnados de soledad.

Me alegré al verlo de nuevo, y percibí que la alegría fue mutua. Ignoro si ayudó el alcohol y los porros que ya llevaba encima, pero las conexiones del universo aparecieron casi sin darnos cuenta. Porque si de algo estoy segura es de su existencia, que aparecen cuando menos lo esperas.

—Entonces estás decidida a salir de aquí.

—Sí, ya no me queda demasiado por hacer en este sitio.

—¿No estabas trabajando y, además, liada con un tipo en José Ignacio? —Hizo una pausa sonriéndome—, ¿lo dejas todo?

—Sí, a veces es mejor establecer la distancia necesaria para saber dónde estás y qué quieres hacer.

—Está bien. Es tu vida y mejor que tú nadie sabrá la oportunidad de tus decisiones. ¿Y dónde vas a ir?

—Un colega me ha facilitado contactos con algunos sitios de Montevideo donde trabajar y poder vivir. Lo tengo prácticamente hecho. Hay un bar de rock en el que puedo poner copas los fines de semana. No será mucho dinero, el suficiente para ir tirando.

Mario encontró la oportunidad de su vida y no lo dudó. Aprovechó que sabía que él me excitaba. Era un tipo que pasaba de los cuarenta años. Desde que lo conocí sentí una gran atracción sexual. De hecho, apenas tardamos unos minutos en meternos en el aseo del local donde había actuado, y acabamos follando, con el deseo de recuperar tiempos pasados. Me gustó, hacía demasiado que no disfrutaba tanto con un tío. Eso me llevó a desearlo con pasión, con ímpetu, resultando imposible no tocarlo, besarlo y tenerlo dentro de mí.

A pesar de ser un tipo pasado con las drogas, y demasiado desubicado para su edad, ser mayor le permitía actuar con cierta ternura. Al menos, yo lo noté así, y supo cómo hacerme gozar a lo largo de la noche. Terminamos en la furgoneta de su grupo musical, realizando aquello que podía apaciguar la pasión que ambos sentíamos y la atracción que nos desbordaba. Lo que ya habíamos anticipado en ese mismo espacio, tiempo atrás.

Después, mientras hacíamos un descanso en la búsqueda minuciosa de cada uno de los rincones de nuestros cuerpos donde hallar más placer, echados en un colchón que tenía en la furgoneta, supongo que para situaciones como la que se le había presentado conmigo, echó la red y me dejé atrapar.

—Puedes venir a mi casa. Vivo solo, soy bastante independiente y podemos pasar buenos ratos —susurró en mi oído mientras me abrazaba rozándose porque volvía a estar excitado.

—Espera, ¿la oferta es en serio? —Me desprendí de sus brazos para poder mirarlo, aprovechando el pequeño margen racional que me dejaba el pelotazo que llevaba encima.

—¡Claro, María!

—Ya, yo puedo follar contigo, tal como hemos hecho. Debo avisarte, no obstante, que lo último que voy a hacer es emparejarme —planteé seria.

—Ni yo —rió con fuerza—. Somos parecidos, nosotros podemos tener relaciones esporádicas, si bien, somos incapaces de mantener un compromiso duradero con alguien —sonreía con una expresión melancólica.

Eso me hizo pensar en la situación que estaba viviendo. De nuevo, una realidad poderosa como la de esa noche me conducía a mis eternas dudas. ¿Acaso soy incapaz de amar? Javier ¿yo no sé amar? Se enturbió mi endeble felicidad, porque a pesar de que estaba a gusto con Mario, esa reflexión que había hecho de nosotros me condujo por derroteros que no deseaba. ¿Por qué mi capacidad de compromiso se esfumaba en el momento que el hedonismo aparecía con fuerza en mi vida?, ¿por qué ese hedonismo era tan volátil y desaparecía de manera casi inmediata? Así caminaba en las últimas semanas y así, tú lo sabes mejor que nadie, no se hace senda. ¿El placer lo marcaba todo en mi vida? ¿Y era tan leve y tan insoportable experimentarlo? Supe que tenía que huir de allí.

—Tampoco te voy a pagar la estancia en tu casa con sexo —aseguré después de unos minutos sin hablar, mientras saboreaba un nuevo peta.

—¡Joder, María!, la cosa es vivir juntos, compartimos gastos, follamos cuando nos apetezca a los dos, y nos follamos a quien queramos sin darle explicaciones al otro. ¿Te parece correcto el trato? —Preguntó ofreciéndome la mano con ánimo de cerrar la negociación.

Fue la alegría que sentí cuando vi que, al final, podía salir del encierro mental en el que me encontraba, aumentada por lo pasada que iba, o por el incipiente deseo que clamaban nuestros cuerpos, lo que hizo que fuese uno de los polvos más espectaculares de los que he echado. Volví a sentirme mujer, algo que necesitaba y deseaba después de arrastrarme por la miseria del amor mendigado a David. Por breves instantes, Javier, creo que llegué a ser feliz.

Así, abandoné José Ignacio. Tomé el autobús de las ocho de la mañana y vi cómo, en breves segundos, desaparecía de mi vida un lugar que ya nunca dejaría de ser eterno en mi alma. Claro que me iba con demasiado equipaje, mucho de él pesado e innecesario, era cierto que había cargado en las maletas bastante aprendizaje, incluido el que aportaba los malos momentos. Decidí dejar de pensar en ello y quedarme con la buena sensación que me inundó la noche anterior a mi partida, cuando abrazándome al faro, donde tantos sentimientos te escribí, lloré en paz, buscando una serenidad que sabía que estaba lejos de consolidarse.

Volvieron a recorrer mis mejillas las tristes lágrimas. Me alejaba. De repente volvía a echar de menos aquello y, al mismo tiempo, quería perderlo de vista. De nuevo mi locura, mi bipolaridad, aparecía de manera cruda y cruel. Y pensé en ti, me centré en pensar que cuando llegara a mi nuevo destino debía buscar un lugar desde el que hablar contigo. Me fui convencida de no volver a defraudar ni a mí, ni a ti. Por primera vez aceptaba ese reto en mi vida.

Y llegué a Montevideo. Dediqué la primera semana a aprender lo que empezaría a ser imprescindible para mi nueva estancia.

La choza en la que iba a vivir, que no piso, ni por supuesto casa, era un vertedero de basura controlado. Ese cobijo era lo que me ofreció Mario. Sí, una pocilga poco cuidada, un picadero donde follar con las tías que encontraba en su devenir musical. Dos habitaciones diminutas, un cuarto de baño y una cocina pequeña constituían el conjunto palaciego en el que me hallaba. Lo bueno era que mi capacidad de adaptarme a cualquier lugar cada vez era mayor y, como consecuencia de la influencia que empecé a tener en Mario, logré que algunos días después, nuestro hogar se adecentara lo suficiente para poder vivir sin tanta mierda alrededor.

No podía quejarme, disponer de un lugar donde estar en Montevideo… fue una suerte que me lo ofreciera a cambio de nada. El barrio es, podrás imaginarlo, de los más cañeros. En concreto, está en Casabó, junto a Cerro. Esta zona nos brinda la oportunidad de disponer los recursos necesarios para desarrollar una estrategia óptima de contactos entre proveedores y clientes y, por supuesto, cualquier tipo de sustancia que necesitemos a la hora de pillar un buen colocón. O, dicho de otro modo, Mario me presentó al que sería mi camello de referencia, que se encontraba a dos calles de la nuestra. Vamos, que salía a dar un paseo, y ya de paso pillaba algo para ponerme a tono.

Y si la vivienda era como te he descrito, el local en el que iba a trabajar requería otro tipo de valentía personal. Un mundo al margen, muy al margen. La Cueva del Ogro era justo eso, una cueva excavada en un pequeño montículo, que habían horadado y preparado para las dos misiones que cumplía este local alternativo: que la gente bebiera hasta reventar y poder escuchar la música más extrema. Allí tocaban grupos punk y, entre ellos, parecían rivalizar por ver quién disponía de la puesta en escena más salvaje.

Mi trabajo en una de las barras, consiste en servir copas, limpiar, barrer y ayudar a arrastrar a la calle a los que quedan tirados al final de cada jornada. De jueves a domingo, y algún que otro día extra, a cambio de poco dinero. Así fue mi desarrollo profesional a partir de ese momento.

El lugar me gustaba, a pesar de que era fácil sentirse incómoda a lo largo de la noche, resultaba sencillo establecer amistad con diferentes colegas de este mundo, que me servían de revulsivo frente a otras cosas que tenía que aguantar. No solo eran del mundo punk, pertenecían a otras tribus que frecuentaban la sala Zitarrosa, un local vecino conocido en aquella ciudad. En ese local solían actuar músicos alejados de nuestra tendencia, en ocasiones abrían sus fauces comerciales a grupos de rock, lo que contribuía a que esas noches la Cueva se llenara de gente de las más diversas tendencias, por lo que trabajar allí fue muy interesante.

Aquello fue un descubrimiento, una forma rápida de entablar relación con gente, extraña en bastantes casos, que me hicieron descubrir distintas perspectivas de caminar por esta vida errática. Supuso un descenso a los infiernos más rápido de lo que, en un principio, podía esperar.

De hecho, te he descrito cómo llegué a Montevideo y cómo, muy pronto, supe que el atajo que había tomado para mi búsqueda personal no iba a ser un camino de rosas. Al contrario, las espinas fueron clavándose desde el primer día que llegué. Una noche, estando en la cama de Mario, después de hacer frente al ímpetu sexual que iba incrementándose entre nosotros, me ayudó a hacer un resumen del tiempo que llevaba en la ciudad y de lo precipitado que estaba resultando mi aterrizaje. Cuando leas esta conversación podrás hacerte una idea de lo que estoy viviendo aquí. Antes de que te asustes, debo reconocer que me generaba miedo aquel abismo que empecé a sentir en José Ignacio, y que ahora se hacía real en este lugar. Existía el Ogro y yo no era capaz de salir de la Cueva.

—Es fuerte, María —dijo mientras acariciaba mi sexo, que descansaba en ese instante esperando el siguiente asalto de su pene.

—Sí, el cabrón aprovechó que salía del aseo para arrástrame dentro y empezar a meterme mano por donde podía. Eso sí, le solté una doble hostia, con las dos manos al mismo tiempo, que no tuvo más remedio que dejarme escapar —recordaba el miedo que pasé en ese momento.

—¡Joder! ¿Y llevas ya tres situaciones parecidas en dos semanas?

—Tú conoces el local. La gente que va es cañera y…

—Y tú también lo eres —sonrió abrazándose a mí, y demostrándome que estaba en disposición de seguir con el asunto que nos había reunido en su habitación.

—Ya, lo sé —lo separé porque quería terminar el peta que me estaba fumando—. Demasiado cañera.

—Más duro fue lo de la otra noche, cuando llegué y te pillé follando con ese tío lleno de piercing —rió— El cabrón te tenía bien agarrada. Te estaba haciendo el culo, ¿verdad? —Volvió a reír con fuerza.

—¡No tiene ni puta gracia! —Grité al tiempo que me incorporaba en la cama.

—No te enfades, joder —intentó acariciar mi brazo que aparté con rabia.

—Esa noche me había metido de todo lo que habían colocado delante de mi nariz —reconocí sin poder reprimir unas primeras lágrimas.

—Y aparece en la puerta de tu habitación otro tío con una pinta más jodida que la del primero —ya no sonreía— Si es que no hay noche que no vengas con algún personaje.

—Lo sé —percibía la voz desapareciendo entre más lágrimas.

—Yo no te juzgo, cumplo el trato que hicimos, creo que deberías llevar cuidado con la gente que vas. Que de vez en cuando tenga que sacar un tío de la casa a golpes no es agradable —hizo una pausa—. No te reprocho nada, me preocupo por ti.

—Lo siento —las lágrimas se desbordaron.

Se aproximó, intentando crear un abrazo de los que reconstituyen el alma, sin saber que eso ya no era posible. Se mostró dulce y comprensivo, a pesar de que era complejo asumir lo que hacía. Yo tampoco era capaz de entender cómo terminaba en casa con gente así, cómo me sometía a relaciones sexuales de riesgo, sin tener ningún control de mis actos. Estoy descendiendo por la cuesta a una velocidad que me asusta y, de momento, con la única persona que puedo contar es con Mario, un músico pasado de época y de muchas más cosas, al que compensaba los excesos de mis locuras con sexo. Me ofrecía la confianza que me mantenía todavía de pie en el sendero, demasiado oscuro, por el que deambulaba.

—Por cierto, te he dejado el dinero que le debes a tu jefe. Intenta no estar en deuda con él, podría putearte.

—No tienes por qué dejármelo, ya se lo devolveré. Al fin y al cabo, se aprovecha bastante.

—No lo necesito y te puede venir bien.

Lo abracé, lo besé y volvimos a encerrarnos en el sexo que nos acompañaba en aquellos momentos. Deseé que mi cabeza no pensara, ni siquiera en ese dinero que Mario me dio para saldar deudas con mi jefe, al que le había pedido adelantos desde los primeros días, y que yo, en cambio, utilizaría con mi camello, al que seguro debía bastante más. En estos derroteros andaba aún más perdida.

Con ella, *abril de 2019*

Cuando intento situarme dentro de tu cabeza para saber qué piensas de mí, aparecen aves negras, cuervos que se giran al verme, y me atacan al igual que sucedía en la película de Hitchcock. Recreo en mi mente la frustración y la sensación de derrota que sentirás al pensar en mí, ¡a tanta distancia!, y me hundo más. No creo que puedas imaginar cuánto me gustaría deshacer esos cuadros lúgubres que estoy pintando. Voy cuesta abajo, no creo que pueda enderezar mi destino, forzándolo es imposible y buscando alternativas me veo incapaz. La consecuencia, por tanto, no es otra que dejarme llevar. No lo estoy haciendo demasiado bien.

¿Sabes qué es lo que encuentro más infame? Que lo hago con gente con la que me he aficionado a resolver placeres pasajeros y, en la mayoría de los casos, vacíos. Aún más ruin es llenar de mierda mi concepto de libertad, escondiéndome tras él, justificándolo todo. Te aseguro que no es fácil llegar a estas conclusiones, planteándolas cuando no voy a hacer nada por cambiar el rumbo que he asumido, el único que en este momento soy capaz de gestionar, aunque sea desde una perspectiva tan anárquica.

Sabes que para mí lo más importante es sentirme libre. Eso no lo he alcanzado todavía. De hecho lo fabulo a través de situaciones extremas, que dibujo como propias de una libertad que nadie puede atosigar. Mi concepto de libertad, por pobre que pueda resultar, no permite que nadie lo cuestione. ¿Será por eso que me resulta tan complicado a veces escribirte y por lo que se alarga el tiempo entre cartas, Javier?

Si hablamos de amor no soy capaz de comprender que, por poderoso que sea este sentimiento, pueda mermar lo más mínimo mi libertad. ¡Cuántas veces, tú y yo, hemos discutido por esto! Este concepto de amor me conduce por un camino de individualidades que se acumulan, sin posibilidad de procurar un cruce salvador. Me dirige a la soledad de cada día, procurando aprender a vivir, aunque hoy no lo vea factible.

Desde esta perspectiva, asumo que no estoy en el mejor momento para tomar decisiones. Por eso las tomo con carácter transitorio, a veces lo que dura una fea madrugada. Ni las drogas que busco, ni las que me prescribe la medicina legal, logran detener la locura que supone estar en una continua bipolaridad. Entonces, me rindo, busco sensaciones que me hagan sentir mejor, que aparten los sentimientos de melancolía que, cada día, son más frecuentes y duros de superar.

Ese pensamiento me condujo a un local de ambiente. Fue una simple suma de acontecimientos que ocurrieron la noche en cuestión. No quiero aburrirte con el listado de cosas que me metí, ni el nivel de alcohol que navegaba por mi sangre. Eso imagínatelo tú. Acertarás. El caso es que un grupo de colegas, con diferentes intenciones y deseos sexuales, terminamos en ese antro, donde me dejé hacer, como en tantas ocasiones, en este caso por una tía. Puedo decir a mi favor que en ese momento pensé en Ros. No era nueva en el sexo entre mujeres, incluso puedo afirmar que lo recordaba bonito y placentero. Si sumas factores, el resultado no podía ser otro que dejarme conducir por el ambiente que se había generado, que despertaba emociones acerca de lo que podía llegar a suceder, que me gustó sentir.

Los detalles los voy a omitir, pero sí quiero dejar abiertas las heridas que ese encuentro supuso a posteriori, en Ros y en mí. Sabes que no soy lesbiana, aunque no descarto volver a repetir experiencias sexuales con mujeres. El encuentro de esa noche fue espectacular. Tuve la suerte de enrollarme con una mujer experimentada, mayor que yo, que tenía claro cuál era su objetivo.

—En mi casa, María, descubrirás que estar con otra mujer puede superar la infinidad de limitaciones que presentan los hombres —se quedó mirándome después de acariciarme la cara.

—Sí, vamos, de todas formas te aseguro que los hombres no los voy a eliminar de mi lista de placeres —sonreí.

—Déjalo de mi cuenta —se lanzó a comerme la boca con una lengua que me llenó por completo—. Ya verás...

Me dejó en la barra recuperándome de un beso tremendo, sincero, esencial. Un beso como no me habían regalado en mi vida. Nos fuimos a su casa, estuve con ella hasta la tarde siguiente. Dormíamos de vez en cuando, recuerdo pasar el tiempo en una actividad sexual frenética. Imagínate cualquier cosa que en el terreno más pasional puedan hacer dos mujeres, dos personas que están cargadas de deseo, esperando descubrir qué caricia, qué beso, qué abrazo, qué acción, puede hacer brotar toda la capacidad sexual que un cuerpo es capaz de entregar. Bien, pues una vez que lo hayas imaginado, multiplícalo por mucho. Se parecerá a la situación tan extraordinaria que viví.

Fue tan intenso que de nuevo volví a plantearme hasta qué punto no podría estar, parte de mi búsqueda, en comprobar mi verdadera sexualidad. ¿Imaginas si fuera lesbiana, o bisexual? En los días que siguieron a este encuentro no dejé de hacerme esa pregunta, de encontrar una respuesta contundente que me orientara por donde continuar. En esas circunstancias, navegando en un mar de dudas acerca de mi sexualidad, apareció por Montevideo, Ros.

Me había avisado que vendría a pasar unos días en la ciudad, me pedía que le ayudara con el alojamiento. Quería ver la posibilidad de venir a vivir aquí, ya que José Ignacio empezaba a quedársele pequeño. Sentía la poderosa llamada de Montevideo, no tanto por ser más grande, sino porque los sentimientos que podía encontrar en este lugar eran más poderosos para ella. Sentimientos relacionados conmigo como puedes imaginar, relacionados con las situaciones tan intensas que habíamos vivido.

Fue una semana diferente, con una intensidad desmesurada. Me refiero a la Cueva, al consumo descontrolado de alcohol, cannabis o al resto de drogas que aparecían cerca de nosotras. O peor, a compartir su amistad limpia con aquella suciedad habitual, que mis nuevos colegas aportaban a lo bello que podía encontrar cerca. De ese engranaje de locura y perdición la hice partícipe. Ella me siguió en cada paso que le invitaba a dar, hasta que al fin se rindió y yo terminé de hundirme.

Paseando por la infinita rambla de la ciudad, que subraya la grandeza del Río de la Plata, tuvimos nuestra última conversación.

—¿Qué deseas exactamente, María?

—¿A qué te refieres? —Pregunté mientras dejaba la Patricia que me estaba tomando con ella en una cervecería cercana a casa, después de haber recorrido parte de esa maravillosa rambla.

—No soy capaz de seguirte, ni de…

—Ros, no te he pedido que me sigas a ninguna parte —interrumpí, huyendo del drama que empezaba a construir—. Ayer nos pasamos un poco, pero estuvo bien, ¿no?

—¿Estuvo bien? —Preguntó intentado retener las primeras lágrimas que aparecían en sus ojos.

—Bueno, bebimos y nos metimos más de lo necesario. Los tipos se enrollaron bien en su casa.

—María, para esos tíos éramos dos cuerpos con los que montárselo. Nada más. Le importábamos una mierda —hizo una pausa —. ¿De verdad que no lo ves?

—¿No ver qué?

—Lo que estás haciendo con tu vida —intentó acariciar mi mano, la retiré.

Sabía a la perfección a lo que se refería, de nuevo preferí huir hacia delante, volver a caer en manos de personas insensibles. ¿Sabes? Esas personas tienen algo bueno, no les importa nada, tampoco reclaman nada. Es el vacío al que me referí, que a veces se transforma en lo único que me queda, sin exigencias, sin explicaciones.

—Sí, lo sé. Me divierto, lo paso bien. Vivo, Ros.

—Pensé que existía algo entre nosotras, creo que apenas me ves como alguien con quien tener sexo de vez en cuando —empezó a llorar sin poder controlarse—. De mí no quieres nada más, ¿verdad?

—Lo siento mucho Ros, no estoy enamorada de ti. Ayer tú lo pasaste bien, te vi con aquel tío y no sé por qué ahora…

—Me lo follé por ti, María. Porque creí que haciendo lo mismo que tú, lo que deseabas, podría acceder a tu corazón con más facilidad. Sentí asco. Era un cerdo, pero ¿sabes una cosa?

—¿Qué? —Pregunté intentando reprimir mis propias lágrimas, que ahora estaban haciéndose dueñas de una brecha que se agrandaba cada vez más.

—Mientras me lo follaba no dejé de observarte. Tú estabas con aquel tipo e imaginé que eras tú quien me hacía el amor.

—No sigas por ahí, Ros.

—No te preocupes, vuelvo a José Ignacio. Nunca volverás a saber de mí. No entorpeceré más tu caminar.

Lamenté el dolor de Ros provocado por mi insensibilidad. Me alegró que se alejara porque en ese momento, mi vida emitía la toxicidad de una mente enferma. A Ros la quiero, lejos de mí estará mejor, si bien ahora deba cauterizar las enormes heridas que sufrió viviendo conmigo esos días. Esas laceraciones que provoqué con mi desidia y el conjunto de sinsentidos que configuran mi vida.

Estoy muy triste Javier, creo que he dado un paso más hacia mi propia destrucción, porque antes me conformaba con hacerme daño a mí y, tangencialmente, a personas que no importaban nada. Ahora no es así. Empezar a dañar a las personas que quiero es una forma de destruir la senda. Cuando no tenga camino que andar ¿dónde sostendré esta alma que vaga perdida?

Voy a decirte algo bonito, lo único que encuentro después de buscar. He hallado un nuevo lugar para escribirte, a pesar de que cada vez me cueste más hacerlo. De alguna manera podemos considerarlo nuestro lugar, aunque tú no estés cerca. Es un sitio que encontré cuando caminaba sumida en un mar de confusión. Intentando poner orden en mis pensamientos, localicé unas cuantas rocas agrupadas. En ellas se abre un pequeño espacio donde me cuelo. Allí suelo encontrar la tranquilidad suficiente para desentrañar todas aquellas ideas que, de otra forma, se marcharían detrás de la siguiente fiesta, o la siguiente infamia.

Ahí me quedo mirando unos instantes la inmensidad del Río de la Plata, y entonces me resulta fácil traerte a mi corazón y empezar a contarte, en forma de palabras temerosas, lo que me sucede, lo que me asusta, lo que ignoro cómo afrontar. ¿Sabes que el Río de la Plata es el más ancho del mundo? Algunos mantienen que es un mar cerrado del Océano Atlántico, un mar marginal. Resulta que somos dos entidades marginales que nos hemos encontrado. ¿Será por esa razón que me siento bien cuando te hablo desde este lugar?

Siento no poder transmitirte ni siquiera una línea de cordura en este estado demencial en el que se ha transformado mi vida. Querría haberte regalado momentos de felicidad, de serenidad o de paz. Creo que nunca lo he hecho, ni creo que lo vaya a lograr a estas alturas de mi vida. Te juro que me hubiese gustado hacerte sonreír más. Si hay alguien que lo ha merecido eres tú. Tal como pasó con Miguel, a Ros le he escrito una poesía que no le he enviado. Cada vez que la vuelvo a leer, eres tú quien aparece en la orilla de mi corazón, y entonces pienso que la hice para ti, aunque fuera por ella.

Siento miedo, lo siento todo,
me abruma tener que huir de mí cada día,
y más que tú tengas que alejarte,
dejarme abandonada en la orilla de tu corazón.
Me gustaría salir corriendo tras de ti,
aunque pudiera, no lo haría.
No dudes de mi amor,
no puedo dártelo, te mataría,
asolaría lo bello que hay en ti.
Porque eres belleza y verdad,
bondad y amor.
Ojalá supiera amarte.

Lobos, *junio de 2019*

A unos diez kilómetros de Punta del Este, se halla una pequeña isla que llaman de Lobos. El lugar no puede ser más bonito. Es una reserva natural que alberga miles de leones marinos y lobos de mar. A veces, la vida ofrece coincidencias perfectas para no plantearte aquello de ¿qué hago aquí? Aunque fuese un gran espejismo, este lugar me sirvió para volver a correr hacia ninguna parte. No fue así, mi carrera tenía una única dirección, una calle en la que no encontraba salida. La meta era el fondo de un oscuro y profundo pozo.

Te avisé que podía pasar.

Andrés contactó conmigo, se aproximaban las vacaciones, y me propuso un proyecto que sabía que no rechazaría. Consistía en pasar un mes embarcando turistas en excursiones de tres días, recorriendo toda Punta del Este, con una visita especial a Isla de Lobos. Incluía otras paradas estratégicas en playas e islotes con escasa o nula densidad de población, que reunían la tranquilidad que los turistas deseaban.

El objetivo de Andrés era obtener un dinero extra dedicándose a organizar estas excursiones. Yo percibiría una cantidad de dinero importante. Sabía que mi pasión es el mar, navegar, la naturaleza, y garantizaba una fiesta continua en cada viaje. No lo pensé. Abandoné la Cueva del Ogro, con la certeza de volver a encontrar trabajo cuando acabase el proyecto de Andrés. Si lo necesitara no sería complejo, exponer carne de mujer en bares de gente colgada es una garantía para que te lo ofrezcan. Así que me lancé a esta nueva aventura.

De nuevo huyendo.

En ese momento no lo quise reconocer, me aferré a Andrés, una tabla a la que sujetarme antes de caer más. Sabía que la única forma de ahuyentar mis problemas, cada día más enquistados, era escapar.

—Por supuesto que sí. Es más, en este momento necesito un cambio de aires. Así que perfecto.

—Me alegro, María, creo que podemos pasar un mes agradable y obtener un dinero que nos vendrá bien.

—Gracias por acordarte de mí…

—¡Cómo no me iba a acordar! Lo hemos pasado bien juntos, nos entendemos a la perfección.

—Sí, es cierto.

Se produjo un silencio que debería haber interpretado antes de lanzarme al vacío, porque, como luego te contaré, el abismo volvía a llamarme, con mucha más fuerza en esta ocasión.

—El lugar es una maravilla, por lo que vamos a unir diversión, trabajo y naturaleza. ¿Qué te parece, María?

—Genial.

La genialidad no era la oportunidad que se me presentaba, sino la habilidad que tienen algunas personas para engañarme, que fue lo que hizo Andrés. Quizás mi única defensa para justificar mi gran incongruencia, es que aún andaba tocada por lo sucedido con Ros. Cada vez que recreaba en mi cabeza las diferentes situaciones por las que le hice pasar, cómo la había arrastrado a mi fango, al más lúgubre. Cuando volvía a ver, cada noche, las lágrimas que inundaron sus mejillas la última vez que estuvimos juntas, me sentía mal.

Empezaba a reconocerme como un ser destructor, no ya de mi misma, aspecto que podía asumir, dado el desastre de circunstancias que estaba creando a mi alrededor. Era también un ser maligno que hería de muerte a personas que intentaban acercarse, con la única intención de darme su amor.

Prefería no pensar, un barco de 22 metros de eslora podía facilitar el olvido. Tres cabinas con camas individuales para nuestros pasajeros, junto a la que compartía con Andrés, más una carga de alcohol y coca suficiente como para acelerar el tiempo, por encima de las 24 horas que debía tener un día cualquiera, fueron factores suficientes para pasar un mes volando, más que navegando.

La logística de los viajes se repetía de manera mimética cada tres días. Salíamos de Punta del Este, visitábamos Isla de Lobos y, a continuación, navegábamos las dos mangas de la Punta, hasta llegar a una pequeña playa desierta donde acampábamos para pasar la noche disfrutando de la soledad, entre otras cuestiones porque el acceso sólo se podía hacer con una embarcación. La siguiente noche, la que enlazaba con el final del viaje, la disfrutábamos en el mismo barco, celebrando fiestas tan excesivas que, salvo Andrés, terminábamos con resacas descomunales.

Tardé en darme cuenta de algo evidente. Al finalizar el tercer viaje, observé que los turistas que llevábamos compartían un perfil similar, jóvenes de diferentes nacionalidades, hombres en apariencia con poder adquisitivo elevado. También nos acompañaba una mujer. Conmigo, que era fija en cada viaje como miembro de la tripulación del barco, nos reuníamos en cada trayecto tres hombres y dos mujeres. Todos con mucha gana de fiesta, al igual que la chica. Ella, nunca dudaba en estrechar relaciones con cualquiera de los viajeros, sin establecer límites. Es cierto que no actuaba diferente a como lo hacía yo, pero me sorprendió el hecho de que todas las mujeres que subían al barco, repitiesen un patrón de comportamiento similar.

Al final de cada viaje, Andrés se encargaba de volver a cargar alcohol y drogas, en cantidad suficiente, para que el viaje asegurara una continua fiesta. Sí, tardé demasiado en darme cuenta que los lobos que interesaban a Andrés no estaban en la isla, sino que abordaban el barco cada vez que cerraba una nueva excursión.

Tripular bajo esas condiciones no exigía la contratación de una ayudante. Seis viajeros no suponían gran carga de trabajo, si lo que buscaban esas personas era colocarse, estar volados los días que duraba la excursión. Ignoraba que mi papel iba más allá de la ayuda necesaria para patronear el barco. Lo descubrí una mañana que salía de mi cabina con una resaca enorme, después de una madrugada dura. Buscaba en estribor que la brisa me inundara de vida. Fue entonces cuando escuché a Andrés que hablaba con un brasileño, al que había conocido la noche anterior compartiendo un buen número de tiros.

—No te quejarás moreno —dijo Andrés sonriendo y dándole una palmada en la espalda.

—Qué va. Ha sido algo superior —se tocó su entrepierna al tiempo que reía con ganas —He estado toda la noche cogiendo con ella.

—Ya te dije que follaríais seguro.

—Y ¿no es puta? —Preguntó, dándole un fajo de billetes.

—Te lo juro. Le gusta beber, se pone a tope. Si le metes coca se abre de piernas fijo —hizo una pausa—. María es así, le va la fiesta, le gusta follar, está buena y, lo más importante, llegado un determinado momento no controla nada. Lo tiene todo.

Los dos rieron. Yo, que aún estaba embotada, no alcancé a entender qué estaba sucediendo. Andrés no podía traicionarme así. Era mi amigo, la persona a la que me agarré en un nuevo intento de transitar la mierda que me inundaba, día tras día. Él lo sabía, no podía engañarme. La noche anterior, al igual que todas, había bebido mucho, me había puesto hasta las cejas de coca y me había enrollado con los dos tipos.

No podía creer que Andrés estuviera utilizándome para sus negocios, cobrando por mis servicios, como si de una puta se tratara. Un servicio más en su paquete turístico. Salí de allí, busqué la forma de poder hablar a solas con él. Fue más cruel cuando me aclaró mi misión en el barco.

—Pues lo mismo, María, es mejor que sepas cuál es tu papel aquí —concluyó con el máximo cinismo posible.

—¿Mi papel de puta? —Pregunté arrojándole a su cara toda mi rabia.

—¿Creías que te había contratado por tus conocimientos de navegación? ¿De verdad piensas que está justificado lo que haces aquí, si la mayor parte del tiempo estás borracha o hasta arriba de coca?

—¡Soy imbécil! ¡Todavía creo en la amistad! No sé bien por qué.

—¡Sí claro!, para ti la amistad debe ser comerse más de mil pesos al día de coca. ¿Sabes cuántos euros me cuesta mantener tu adicción? 30 euros diarios, más el alcohol, más todo lo demás. ¿Te parece mal que intente rentabilizarte?

—¡Eres un hijo de puta!

—Mira, pues ya tenemos algo en común.

Me lancé hacia él e intenté golpearle. Con su brazo izquierdo me sujetó la mano que iba dirigida a su cara, y con la mano que le quedaba libre me dio una hostia que me arrojó al suelo. Me levanté aturdida, me eché sobre la cama, lloré. Sentí rabia, humillación, furia. Estaba siendo vejada, maltratada. Era un mero objeto que no importaba a nadie, más allá de ser un cuerpo que les proporcionara el placer demandado.

Aguanté el final de ese viaje como pude. Seguí bebiendo, metiéndome tiros de coca directos en el alma. Por supuesto, me dejé usar, como estaba previsto. Anulé al máximo mis emociones, dejé de pensar, abandonándome en el sopor que debía conducirme de nuevo a Punta del Este. Entonces sí, huí hacia la nada.

La última noche en el barco fue la peor de todas. Andrés quería asegurarse el éxito de viaje. Para ello animó a dos de los tipos que aún no me habían cogido, a que disfrutaran conmigo toda la velada. No recuerdo más, salvo que terminé en su cabina haciéndolo con los dos. Estuvimos toda la noche follando. Lo sé porque estaba allí, no así mi cabeza. Fue la primera vez, desde aquella experiencia con los hongos, que aun notando que mi cuerpo era utilizado por ellos, lograba que mi mente caminara lejos de allí. Me acuerdo que sonreí, me distancié como si de un viaje astral se tratara.

¿Sabes?, vi mi cuerpo físico manteniendo relaciones sexuales con los dos tipos, mientras que desde mi cuerpo sutil sonreía, logrando sentir algo parecido a la felicidad. En ese momento pensé en ti, Javier. Sabía que era difícil justificar tanta desilusión como la que te provocaría cuando supieras cómo estaba acabando con mi vida. Sí, mi cuerpo sutil te buscó en ese preciso instante. Me permitió agarrarme a nuevas esperanzas, aunque fueran tan superfluas que sirvieran apenas unos minutos. No me importó porque, de alguna manera, logré unirme contigo.

Te escribo después de pasar en Punta del Este unos días buscando algo de dinero para poder volver a Montevideo. Estaba sin nada porque Andrés me dejó claro que, si me marchaba, no me daría ni un peso. Me despidió diciéndome que me buscase la vida. Los gastos en drogas o alcohol consumidos fueron superiores a los ingresos que merecía y, entonces, el abandono más absoluto fue el resultado final de tan extraordinaria aventura. Pedí dinero a la gente por la calle cual mendigo que, además, arrastraba el síndrome de abstinencia por no poder meterme nada que calmara la excitación de un cuerpo que solicitaba su dosis, que la esperaba tras un ritmo frenético de consumo.

No sé bien cómo lo logré, al final acabé en Montevideo, en casa de Mario, de paso porque él empezaba a estar desesperado de los desastres que generaba en su casa un comportamiento tan errático. Recuerdo un instante en el que estando en el aseo, me miré al espejo, buscando a alguien a quien reconocer. No encontré a nadie. Al contrario, percibí a una mujer rota, drogadicta, perdida, ¿puta?

Tampoco me extraña lo sucedido. No era nuevo que tras una crisis personal sin saber cómo afrontarla, optara por buscar la siguiente vuelta de tuerca en mi vida, aquella que atornillara de manera definitiva los pasos a caminar. Sí, una vuelta de tuerca a mi vida. Pero esa tuerca, Javier, creo que ya no podía dar más de sí.

Puta, *junio de 2019*

Los días son tan insolentes... Se saben superiores a cualquiera de nosotros porque nadie puede frenarlos, eliminarlos. Ellos van haciendo que esta vida sea cada vez más menuda, que desaparezca entre alcohol, petas y tiros que subrayan quién es el que manda. No sé si necesitas más exhibiciones, ya he iniciado mi rendición, necesito dejarme llevar por este río de miserias hasta que llegue a un puerto que, lleno de fango y basura, me ofrezca un merecido descanso.

Los días se hacen eternos, sin sentido, cargados de experiencias cada vez más sórdidas. No puedo dejar de llorar. Con frecuencia me encuentro escondida en nuestro rincón de la rambla de Montevideo, y tengo que apartar el papel para no empaparlo con el agua salada que, desde hace días, inunda mis mejillas. Es posible que sea esa la razón que me haga abrir compuertas, para desembocar en un desagüe cargado de lodos.

Los días son mi enemigo, cada uno se inicia con una nueva trampa, sin saber bien cuál será el siguiente paso que diseñe mi vida. Mario me lo explicó tras volver de Isla de Lobos. En ocasiones, su sensibilidad me hace temer que ésta no sea más que una estratagema para alcanzar mi cuerpo y poder desahogarse. En ese nivel de paranoia me muevo y, cuando logro cierta estabilidad emocional, reconozco que los síntomas, propios de mi desorden mental, son cada vez más acusados. Entre racionalidad o locura me balanceo, asumiendo que será fácil la caída.

No sé a qué se debe esta situación. Si es la medicación para mi trastorno, que tomo cuando me acuerdo, el aumento del consumo desmesurado de varias drogas, o la experiencia continuada con tíos, que buscan en mí el sexo que amaine sus tristezas y agonías. Tampoco me importa saberlo, mostrarme tan paranoica no debe ser una buena señal. Ante tanto desconcierto, prefiero dejarme acunar por una vida que no trata de mimarme, sino de lanzarme con fuerza cuando decida que llegó el momento. Lo sé y, cada día, lo temo con más angustia.

—María tienes que parar —dijo Mario, acariciando mi mejilla.

—Lo sé. Gracias, Mario.

—No puedes seguir así. Te estás destrozando y…

—¿Sabes?, la última vez que un tío me toco la cara fue para darme una hostia. Gracias por haberme acariciado —recordé en el mismo instante que empezaban a surgir las primeras lágrimas.

—¿Quieres que hable con Ros? —Preguntó abrazándome con fuerza—. Ella podría venir, estar contigo. No sé, ayudarte a salir…

—¡Ni se te ocurra llamarla! —Grité.

—Puedo llevarte yo a José Ignacio.

—¿Qué haría yo en José Ignacio?

—María, Montevideo te está matando. ¿No te das cuenta?

Me estaba matando yo sola. La ciudad no era culpable de nada. Mi insensatez era la única responsable de que cada día aquella tuerca, de la que te hablé, hubiese cedido el labrado de su espiral y, ahora, cualquier cosa podía suceder, cualquier nuevo comportamiento no dejaba de ser una vuelta fácil, sin sentido, porque el filete del tornillo ya no sujetaba nada y menos a mí.

Esa podría ser la explicación de que la otra noche acabara con un tío, otro más, otro desconocido, alguien sin nombre, sin historia en mi vida, con el protagonismo propio del que deja su huella marcando mi alma, cada día más irreconocible. Aquella noche finalizó como tantas otras, saliendo de la casa del tipo, con las luces del mediodía, procurando no hacer ruido para que no me pidiera más. Ahora, cuando los excesos se pasan, quiero llorar para no asumir nuevas vejaciones.

Soy consciente de que tienes razón, de que todos con los que acabo en sus respectivas madrugadas, buscan lo mismo, y no es cariño. Apenas son capaces de ver en mi un cuerpo que les dé el calor necesario, un rato, quizás toda la noche, nunca más allá.

Aquella historia se inició igual que las demás. Unos colegas con los que salí de fiesta, liándome con un tío que se coló en mi vida en el instante exacto, o que supo aparecer cuando sabía que era el momento en el que mis defensas, abandonadas, no podrían frenar lo que él buscaba.

Recuerdo que nos besábamos en un rincón de uno de los locales de la ciudad que cierran más tarde. Esta vez no elegí terminar en mi propia Cueva, realizando alguna exhibición de las que tanto repetía en ese ambiente. Cuando nos invitaron a salir del local, él sabía que iba volada de alcohol y cristal creo que fue en esa ocasión, junto a mis compañeros habituales, los que nunca me fallan, ni me dejan sola. Los que caminan por el mismo lugar que yo.

Fue entonces cuando me ofreció un par de tiros de coca que acepté y me regalaron un buen subidón. Con la habilidad que caracteriza la urgencia sexual de los tíos, acepté la propuesta más increíble que nunca me habían hecho.

—En mi casa tengo más coca, muy buena —dijo.

—Habrá que probarla, ¿no?

—Así me gusta —sonrió, volviendo a besarme—. Ven a casa, te metes unos tiros y follamos, ¿vale?

—Eres muy directo, por lo que veo —intentaba que las palabras no se amontonaran en mi boca, ya que el colocón que llevaba no me dejaba articular frases demasiado largas.

—Cuatro mil pesos

—¿Qué?

—Si vamos a mi casa ahora y lo hacemos, te pagaré cuatro mil pesos.

A pesar de no gestionar demasiado bien mi atención, lo había oído con claridad. El tipo me estaba ofreciendo unos 100 euros a cambio de ir a su casa con él. Me follaba y me pagaba. Exactamente igual que cuando se contrata a una puta.

—¿Eres cómico y te estás quedando conmigo? —Pregunté entre risas, deseando que confirmara que estaba bromeando con la oferta que me acababa de realizar.

—Seguro que vales más. Este es el dinero que puedo ofrecerte —afirmó serio, volviendo a buscar mi boca para abordarla con su lengua, en un último intento de convencerme para que aceptara su trato.

Mientras me dejaba besar, me di cuenta que estaba con un señor de más de cincuenta años, que no recordaba dónde lo había encontrado, ni cómo habíamos ido cayendo juntos en la red de drogas y sexo que esa noche se había hilado alrededor de nosotros. Este tipo no estaba bromeando, y yo estaba dudando, Javier. Estaba actuando como una puta, manejando la posibilidad de pillar cien euros para seguir consumiendo la mierda de la que, cada día, necesitaba más.

Dejé de pensar.

—¿Tienes buena coca? —Pregunté por interés, y por ganar tiempo en la decisión que supe definitiva en mi devenir, pleno de destrucción, cada vez más directo en su dirección al agujero definitivo. No era consciente en ese momento de la ausencia de alternativas por las que escapar, tampoco podía serlo con la sobrecarga de ingestas varias que llevaba subyugando mi conciencia esa noche.

—Claro que es buena —mostró una sonrisa esperanzada.

Lo miré y me lancé a su boca. Fui yo la que con la lengua inundé toda la cavidad donde se refugiaba la suya, bebí su saliva, me abracé fuerte a él para sentir su erección, y así preparar mi entrega.

Le dije… vamos.

Me agarró por la cintura y nos dirigimos a su casa que, por suerte, estaba cerca. La jugada le había salido perfecta, faltaba rematarla adecuadamente. Seguro que pocas veces en su vida había vivido una experiencia como esa.

En su cama, tumbada después de los últimos envites, mientras se encendía un peta, lo observé radiante. Lo mismo fue la coca, o su buen estado físico, o ambas cosas, pero pudo follarme mucho tiempo y muy duro. Ignoro cuál sería la razón de su éxito, pero se sintió bien después de terminar de hacerlo conmigo.

—Ha estado genial —dijo, pasándome el peta.

—Sí.

—No has fingido. Mojaste bastante —fijó su vista en una mancha grande en la sábana, consecuencia del flujo que había provocado la excitación de mi cuerpo—. Tú también lo has pasado bien, por lo que veo —rió con fuerza.

—Vaya —consiguió sonrojarme.

—No te preocupes. Muchas mujeres con las que follo se corren con bastante facilidad.

Era su noche, bueno su mañana porque ya avanzaba el día. Necesitaba hacer crecer su ego después de aquella demostración de hombría. Quería apaciguar su excitación, que durmiera, poder escapar de aquella realidad imposible en la que me había enredado.

—Sí, claro que lo he pasado bien —intenté fabricar una sonrisa que apenas se mantenía en mis labios.

—Ha merecido la pena los pesos que vales —hizo una pausa—. No, de hecho, vales más. Quizás la próxima vez…

Pensar en la posibilidad de una próxima vez me provoco tal nausea que tuve que salir disparada hacia el aseo. El vómito de los restos de cada paso dado en la noche podría haber tenido entidad propia, sin el añadido de este tipo. Lo vivido con él hizo que adquiriera un significado más prosaico que en otras ocasiones, más vulgar, más lúgubre. En definitiva, era el vómito triste de un cuerpo que ya no podía aguantar más.

Al menos se comportó como un señor, me pagó antes de dormirse. Habría sido un epílogo extraordinario si hubiese tenido que buscar, entre sus cosas, para conseguir el dinero, ganado en justa liza sexual. No sé si enajenada por la situación hubiese sido capaz de robarle el dinero que encontrase. Puta y ladrona, casi un master íntegro de la profesión de delincuente en apenas unas horas. Cuando roncaba como un cerdo, cogí el dinero, el que me había propuesto, por el que había trabajado, el que me merecía, y salí de aquella casa.

¡Puta!

Nunca podrás imaginar lo triste que estaba ese día cuando salí a la calle. Huía de esa realidad, tan cierta como el horror que vivo, que me lleva a perderme, a desaparecer. “Ha merecido la pena los pesos que vales”. Esa frase, la que manifestó con la condescendencia propia del que se sabe superior, del que es consciente que se ha apropiado de un cuerpo durante el tiempo que ha durado su erección, se tatuó en mi cerebro. Desde entonces, cada cierto tiempo, a veces sin aparente motivo, vierto lágrimas, que surcan la profundidad de la piel de mis mejillas, hasta que, abandonadas, caen a la nada.

Javier, desearía escribirte del maravilloso amanecer que ilumina la ciudad, de la belleza de su mar o su río, no me importa cuál sea la realidad de su entidad, de los pasos que doy para encontrar la persona que quisiera ser, aunque no sepa bien quién es. Ojalá pudiera decirte las cosas que callo, porque cuando te escribo intento parar a tiempo, justo en el instante en el que creo que daré un paso sin retorno.

Me sorprendo de la facilidad que tengo para frenar mis emociones en este preciso momento, cuando debería decirte tantas cosas que…, y que la pierda por completo cuando permito que ocurran escenas que me encantaría ver, desde el patio de butacas, contigo, como aquel día en el teatro, a tu lado. Sin embargo, por más que lo deseo, esta negra realidad no se transforma. ¿Dónde está esa magia que lo podría cambiar todo?

Echo de menos vivir.

Cocaína, *julio de 2019*

Llevo año y medio en Uruguay, no recuerdo el tiempo exacto transcurrido. Prefiero olvidar tantas cosas, que hasta el tiempo se convierte en un río que arrastra lo que va destruyendo mi vida. No deseo seguir aquí, donde me encuentro encarcelada. Quiero salir. En cambio, me agarro a lo que Montevideo me ofrece. Parezco la garrapata que chupa la sangre de un perro. Si bien lo habitual es que el animal sea yo.

Mi permiso de residencia caducó, por lo que estoy en una situación ilegal. No tengo una casa fija, ya que Mario no ha tenido más remedio que echarme en varias ocasiones. Es tan bueno que suele perdonarme y me abre la puerta cuando me ve desesperada. He provocado cada situación en su casa, con gente sospechosa de fechorías diversas, que ni siquiera una persona tan buena puede asumir toda la mierda que introduzco en su hogar. No serías capaz de imaginar los momentos tan desagradables que le he hecho vivir. Un puto desastre.

Le han desaparecido cosas, que han sido robadas por los colegas que, tras una noche alocada, conozco de repente y convierto en amigos del alma. Se ha encontrado a dos tíos follando en su cama, o a un colgado cagando en mitad del pasillo. Tampoco quiero convertir esta carta en un listado de comportamientos asquerosos, pretendo que intentes comprender en qué nivel de descomposición me encuentro. Ni siquiera puedo controlar lo que me rodea, humano, animal o cosa, o lo que colecciono en mis excursiones nocturnas y desquiciadas.

Te decía amigos del alma. Mi alma está tan vacía de sentimientos que cualquiera puede ocuparla y adquirir el honor de ser mi mejor amigo por una noche, o por un par de horas. Vamos, por lo que puede durar un encuentro sexual muerto antes de iniciarlo. Porque son momentos muertos, carentes de cualquier placer o satisfacción instantánea. De hecho, tampoco me importa demasiado quién está cerca en cada momento. Más allá del calor físico que me provocan cuando tenemos sexo, ninguno puede eliminar el helor de mi corazón, duro como una piedra, insensible a todo. Esa es mi realidad desde hace algunos meses. Sin dinero, sin comida, aunque esto último es lo que menos echo de menos. Y tirada en cualquier sitio es donde dejo deambular mi muerte, mientras espero papelinas que aborten cualquier sentimiento de vida.

A veces, al igual que hoy, tengo la suerte de ver el mundo con cierta claridad, sin estar bajo los efectos de la resaca o la confusión que provocan alcohol y drogas, que no me fallan y siguen a mi lado, acompañándome cada día. Es cuando puedo escribirte. Pensar en ti ya lo hago, a diario, créeme, escribir se ha convertido en una difícil tarea porque me exige dos cosas que apenas poseo, atención para saber qué quiero decirte, y valor para transmitirte lo que no me gusta comprobar que he vuelto a hacer. Hoy he tenido suerte, hasta me ha apetecido pasear y pensar.

Es terrible. Voy a volver a asumir, desde que nos conocemos, que tengo un problema grave con las drogas. Sé que es el primer paso para la solución. Eso debería ser algo bueno, pero una vez que tengo claro el problema ignoro si puedo acudir a algún sitio a intentar ponerle solución. Soy adicta a la coca.

La vida está cargada de ironías, la última droga con la que me relacioné ha sido la que más me ha seducido. Todas las que he consumido han estado bajo cierto control, el alcohol o los petas no tanto. En general he sido capaz de gestionar, de una manera razonable, su consumo. Bueno, razonable para mí, permíteme al menos esta licencia.

No ha sido así con la cocaína. A veces tomo tanta que tengo la sensación de haber esnifado más de la que cualquier ser humano puede soportar. He descubierto que no tengo límites para consumir. De hecho cada día busco más, y me arrastro hasta donde haga falta para lograrla. Cuando necesito un tiro con urgencia, dejo de ser yo, elimino cualquier barrera y me abandono, para que los vampiros de la noche obtengan de mí lo que deseen. Aun siendo situaciones llenas de infamia, que provocan dolor, se diluyen cuando siento el poder de la coca subir directa a mi cerebro en un viaje, cargado de ansiedad, que expreso abriéndole paso a través de mi nariz, y que ella recibe con seducción, porque tiene la seguridad que será la única capaz de calmar mis demonios. En los últimos tiempos el placer lo logro cuando me dejo penetrar por unos tiros sin sentimientos.

Imagina cualquier situación desagradable, denigrante para una mujer, y me estarás viendo a mí. En la última carta te conté cómo llegué a sentirme una puta, lo mismo hasta lo soy. Podría asegurar que lo he sido en varias ocasiones. De hecho, aquello que te relaté, ahora es un cuento infantil. Si te contara las cosas que hago para conseguir poner el morro en una línea que me conduzca al cielo, a un cielo desconocido, que permita a mi cuerpo ser el objeto de cualquier capricho, te asustarías. Lo único que puedo decirte positivo es que cada vez que lo profanan, logro distanciarme más de él, centrarme, con suma facilidad, en mi cuerpo sutil, que te busca y me ofrece la paz que necesito en ese momento

Comprendo la razón de tu miedo. La asumo, aunque me sorprendió que utilizaras ese término. De hecho, creo que es la primera vez que lo haces, y cuando lo leí, sentí un escalofrío que hizo temblar mi cuerpo. Yo también siento pánico cuando reconozco que puedo ser una adicta y no sé bien cómo actuar. He perdido el control de esta droga y, al perderlo, también lo he hecho sobre mi vida, situándome en un peligroso inicio, quizás el de mi fin.

¿Suicidarme? Creo que no Javier, aunque no te mentiría si te dijese que alguna vez lo he pensado. Mario, en una ocasión, me animó a que fuera a algún sitio para afrontar lo que estoy padeciendo. Cuando me observa construir sentimientos depresivos que se apoderan de mi mente y hacen flaquear cualquiera de los pocos principios sólidos que poseía, me insiste en buscar ayuda.

—María, existe una asociación que atiende a personas con problemas parecidos a los tuyos —me informaba Mario.

—Gracias, te aseguro que es el bajón de la coca, que me da fuerte. Cuando pasan unas horas todo vuelve a su lugar.

—Ya, pero no te cuesta ningún trabajo hablar con ellos. Te atienden por teléfono, ni siquiera necesitas verlos en persona.

—Vale, cómo se llama la asociación.

—Último Recurso. La sede está aquí en Montevideo.

—El nombre es sugerente —sonreí, besándolo en la mejilla—. Gracias.

Fue mi primer y último contacto con ese nombre. No pensaba dar ningún paso. Mario se mostraba tan insistente, tan deseoso de ayudar, que no quise decirle que no necesitaba a nadie que me convenciera. Sabía que esa posibilidad, que había barajado, se debía a días concretos, en los que mis excesos me han conducido a meterme varios gramos en una noche. Eso no ocurría siempre. Utilizaba mi poca inteligencia para engañarme y asumir, de forma sistemática, la relación que mantenía con las drogas, tan falsa como las que he mantenido con casi todas las personas que han procurado bordear mi vida.

Es por eso que el consumo está ligado a un sexo animal, primario. Un sexo sin sentimientos, donde la violencia, el desprecio y la indiferencia son los ingredientes que buscan con brutalidad los que están conmigo. Lo más humillante es que lo asumo, es parte del trayecto a recorrer para llegar a mi fin que está a la vuelta de la siguiente raya.

Me meto tiros con el que me lo ofrece, sin saber cómo está cortada la coca, ni qué riesgos estoy asumiendo, o cuál será el precio que deberé pagar, ya que, en ese mercado de transacciones de mierdas que se introducen por la nariz, al no disponer de dinero solo admiten, como moneda de cambio, el sexo que les pueda dar. En esas noches sin fin, el sexo es continuo, muchas veces con varios, porque suele ser en equipo como me financian la droga que yo necesito. Lo ven con claridad desde el principio, con habilidad se organizan para poder satisfacer mis necesidades, que son coincidentes con las suyas, sabiendo que yo no impondré ninguna línea roja que no se pueda cruzar tras dispararnos los tiros correspondientes.

Cuando ya estoy en pleno vuelo nada importa, intento centrarme en mi cuerpo sutil y dejar plena libertad a mi cuerpo físico para que hagan lo que quieran con él. Volada me siento invencible y, desde que he descubierto la facilidad con que me desdoblo, poco me importa que me humillen los hombres que son capaces de convertir en realidad lo que fantasean sin pudor ni piedad.

—Mira, tú te echas hacia delante y nos la mamas a los dos. En la punta tienes coca para chupar. Mientras, mi otro amigo te coge por detrás —los tres reían, parecían hienas.

—Sí —fue lo único que dije deseando chupar esa coca, sin importar donde se encontrara en ese momento, sonriéndoles para que no se arrepintieran de la propuesta hecha.

—Bien, pues empieza —ordenó uno de ellos, mientras metía su pene dentro de mi boca.

Lamía con deseo aquella coca y me afanaba en hacerlo con esmero, esperando que después fueran generosos conmigo ofreciéndome alguna raya más. No fue así, casi nunca lo suele ser. Fue de otra forma, más parecido a la realidad que me acompaña al final de cada noche, tumbada en el suelo de los aseos donde había hecho las mamadas solicitadas, entre restos de orina, con el dolor propio de la brutalidad con la que suelen follarme. ¿Sabes qué es lo peor? Que no acaba ahí el recorrido infame de la madrugada, sino que debo buscar a otros tíos que me faciliten, a cambio de lo que pidan, los tiros que me faltan, si no quiero caer antes de tiempo en el descenso kamikaze al que me conduce esta droga, seductora, implacable en el amor que le profeso, ya que si mi hocico no se hace con nuevas líneas, me sentiré morir de amor, por la falta de su cariño, artificial sí, pero que me permite volar.

A veces tengo suerte y logro saciar esa necesidad, otras veces en cambio tengo que conformarme con ser infiel a la coca. Me vale cualquier otra cosa, speed, cristal, pastillas, alcohol, petas, la que sea capaz de aplacar el hundimiento que sufro. Cuando tengo más suerte puedo encontrarme con alguien, que va tan volado que nos perdemos en su casa construyendo una bandera de sexo y rayas que ondeamos hasta el día siguiente.

Entonces, despierto perdida, sin saber dónde estoy e intentando reconstruir cómo llegué hasta ese lugar. Mientras, el bajón se apodera de mí, sintiéndome la peor persona del mundo. Necesito salir huyendo, perderme en algún lugar tranquilo por la rambla, que elijo para esconderme del día que me persigue de forma intransigente.

Hoy, al despertar, he sentido la necesidad de hablar contigo, con toda la dureza y sin esconder nada que me avergüence. Javier te necesito más que nunca, me siento mal solicitándote esta ayuda desde tan lejos, pero estoy tan perdida que me asusta ser incapaz de no saber cuánto tiempo voy a poder vivir así. Quemo el dinero, quemo las personas con las que estoy, quemo mis ilusiones, y quemo mi vida, simplemente por meterme un tiro más.

Creo que la vida me envía señales que no sé interpretar. Lo mismo no son señales, quiero agarrarme a ellas como último recurso al que acudir para mantener la poca capacidad racional que me queda. Esta vez pienso que sí seré capaz de escucharte, de hacer lo que me pidas e intentar iniciar una vuelta a la senda que sigo buscando. ¿Crees que podremos cerrar esta brecha entre nosotros y volver a abrazarnos? Solo tú puedes sacarme de este pozo. Te prometo volver a ser la mujer que sonreía cuando le decías que podía crecer como persona si me lo proponía.

Te necesito.

Rave, agosto de 2019

Había transcurrido casi un año desde aquel festival en el Lago Encantado, y de nuevo acudí a otro. Pensé que cambiar ese ambiente tan denso que me estaba anulando podía ser una buena decisión. Me equivoqué. Se trataba del Cosquin Rock Festival, de amplia trayectoria por Sudamérica y que, por primera vez, se celebraba en Uruguay, en concreto en Ciudad de la Costa, a veinte kilómetros de Montevideo. Su cercanía influyó en mi decisión.

Participaba el grupo español Ska-P que, a pesar de no ser de mis favoritos, hace una música acorde a las intenciones que buscamos los que vamos a escucharle. Imaginarás a qué tipo de sonido y letras me refiero. Por otra parte, escuchar a un grupo español tenía un sabor especial. Durante los dos días que duró el festival alterné momentos de todo tipo, y a pesar de entregarme al consumo desbocado de diversas drogas, en esta ocasión me sirvieron para facilitar mi huida, una evasión de la realidad que, en forma de tormenta, sembraba de oscuridad mi existencia. Hubo más.

Mucho más.

Después de aquel festival, enlazamos con tres días de rave demencial, salvaje, sin ningún control por parte de nadie, donde las reglas no escritas estaban claras. Valía todo. ¡Cruzamos tantos límites! Hasta para mí hubo momentos sorprendentes que me desbordaron, me reafirmaron en que mi alternativa de drogas, música y colegas, tan colgados como yo, estaba asentada de una manera férrea, definitiva en mi ser.

Más de dos días sin dormir, habiendo consumido más de lo que puedas imaginar, fueron suficientes para superar cualquier frontera asumible. Probé hasta con popper, una nueva droga para mí, que supuso experimentar cosas diferentes.

Fue así cuando acabé en la playa con un tío, con el que me había metido unos tiros de coca. Después de follar sin descanso, me ofreció esta droga que, sin dudarlo, acepté. El bienestar que me había proporcionado lo que en ese momento anestesiaba mi conciencia, hizo que asumiera llegar más lejos. De hecho, había anulado cualquier voluntad para decidir. En esa situación acepté lo que su deteriorada mente exigía.

—María sigo teniendo una erección bestial —dijo, sujetándose el pene y mirándolo como si esperara una respuesta a su necesidad.

—Sí, estás empalmado —reí.

—Me gustaría cogerte por detrás —concluyó, al tiempo que se echaba sobre mí besándome, buscando la mejor postura para acoplarse.

Le besaba y me dejaba hacer porque estaba excitada. Lo estábamos pasando bien, no deseaba truncar sus deseos. No le había dicho que sí. Mi actitud, ofreciéndome, dejaba claro que mi intención era asumir lo que él solicitaba.

—¿Sabes que el popper ayuda a dilatar el ano? —Preguntó excitado, mientras intentaba ajustarme su pene—. ¡Ves! Fue la exclamación que surgió cuando percibió que empezaba a penetrarme.

—¡No tan fuerte, tío! —Exclamé, notando un dolor intenso cuando terminó de entrar.

El diálogo posterior prefiero evitarlo, si bien no puedo olvidar la cantidad de palabras soeces que me dedicó, el trato vejatorio que tuvo conmigo, el desprecio que desprendía a través de la relación sexual que manteníamos. Podría haber intentado disfrutar con ese tío, con independencia de cómo me estuviese follando, pero fue capaz de transformarlo en algo infame.

Me sentí sucia. Asumí que es justo la ausencia de mi ansiada libertad la que me impide ser feliz, mientras busco algo que dulcifique la existencia. Fue de los pocos momentos que puedo recordar dentro de unos parámetros, que no denominaré normales, aunque sí habituales en mi forma de proceder cuando sobrepaso los límites.

A partir de ahí, mi mundo se desmoronó en una espiral sin sentido que me supuso dar vueltas sobre el mismo eje, el que configuraba las drogas, o los tipos que me acosaban buscando cobrar su pieza. Sabían que era una buena captura, porque a diferencia de lo que había ocurrido en los últimos meses, esta vez no tenía que mendigar drogas por sexo, sino que podía ofrecer ambas cosas.

A cambio de un placer esquivo y falso.

A cambio de nada.

He caído, ahora sí tengo miedo, todo el que se puede tener a un final, que empiezo a intuir más cerca de lo que desearía. Este final se escribe con mayúscula, no tiene epílogo en el que solucionar las situaciones no arregladas con anterioridad. No hay posibilidad de rectificación, no existe la redención, ni siquiera la búsqueda de alternativas. Es el ocaso de ese atardecer que no volverá nunca, es ahora cuando ya te escribo sin amanecer.

Tu bondad puede llevarte a comprenderme. Yo no sería capaz de hacerlo si estuviésemos con los roles intercambiados. Estuve los últimos días del festival sin poder conciliar el sueño. Los síntomas psicóticos me agobiaron tanto que sentí que, una vez más, tomaban el control de mi vida.

Andaba con el tipo con el que habíamos tenido sexo en la playa, seguíamos consumiendo, bailando en aquella rave sin fin, las conductas agresivas, los delirios y las alucinaciones comenzaron a aparecer. No se trataba del desdoblamiento de mi cuerpo cuando alguien me follaba. Esta vez llegué a sentir que me faltaba alguna parte de mí. Percibía mi brazo izquierdo que aparecía y desaparecía sin ningún control, oía voces de gente querida, de Miguel, de Héctor, o te veía a ti. En una ocasión intenté abrazarte y desapareciste.

Esto era nuevo para mí, superaba cualquier situación que hubiese vivido antes. El estado tan deplorable al que había llegado me convirtió en una víctima lamentable de un cuadro psicótico agudo, sin posibilidad de activar los reflejos que, aún escasos, en otro estado hubiesen ayudado a afrontarlo mejor. Me asusté, presa de un ataque de pánico. Confundida, acepté ir a la furgoneta con aquel tipo.

Estuve con él unas pocas horas. Le interesaban mis drogas, mi cuerpo, sin saber en qué orden. Empezó a disponer de ambas cosas cuando observó que mi estado empeoraba por momentos. Después pensó que lo mejor sería echarme a la calle como a un perro, enfermo, abandonado, un ser despreciable que no posee más valor que las papelinas que quedaban en mis bolsillos. Las que me robó antes de arrojarme a la calle.

—¡Déjame ya, tío! —Grité intentando que no me besara, deshaciéndome de su abrazo que me tenía aprisionada.

—¿Qué te pasa, colega? —Preguntó asombrado, incapaz de entender cómo me podía resistir a sus demandas.

—¡Joder! ¿Quién coño eres? —La mirada perdida intentaba configurar en mi cabeza la imagen de alguien conocido que, por momentos, se transformaba cambiando la cara.

—¡Eh tía, vamos a follar! —Ordenó, mientras me atraía con las manos para volver a besarme.

—¡Déjame, hijo de puta! —Chillé, al tiempo que le golpeaba en la cara.

—¡A la mierda, zorra! —Caí al barro de la calle tras el empujón que acompañó a sus insultos para, a continuación, levantarme cogiéndome de la camiseta y alejarme unos metros de la furgoneta. Notaba el sabor seco del barro dentro de mi boca.

En ese momento, observé que metía sus manos en los bolsillos de mi pantalón y sacaba las papelinas de coca que me quedaban.

—¡Dame la coca, cabrón! —Intenté quitárselas de las manos y lo único que logré fue perder el equilibrio, que le resultara más fácil seguir restregando mi cara por el suelo para, al final, arrojarme a la mierda con su desprecio.

En la calle, abandonada, con una euforia descontrolada. Deambulaba por lugares extraños, dibujados por los síntomas que la droga se había empeñado en colorear. Sitios desconocidos e inhóspitos, habitados por gente inexistente que, durante segundos, hablaban y huían para volver a continuación, en forma de monstruos que me aterrorizaban. Me senté entre unos contenedores de basura a esperar que los síntomas desaparecieran.

Se quedaron a mi lado, no para cuidarme, sino para recordarme que eran el resultado de lo que había ansiado en el transcurso de tantos años perdidos, dilapidados, escupidos, hasta convertirlos en un desecho que fluía por las cañerías de mi miseria más absoluta. Sí, Javier, los excesos, lo más alternativo, el ruido convertido en música, la máxima libertad a través de las distintas trampas que la droga había colocado en mi trayecto, el sinsentido de huir de los compromisos que nos exige la propia vida.

No tengo fuerzas para rebatirte estas cuestiones. Claudico ante ti, ante los que, en algún momento, habéis intentado regalarme razones para crecer y yo, estúpida, miraba para otro lado, porque me aburría pensar que vuestras propuestas, sobre todo las tuyas, sirvieran para formar parte de una sociedad que nunca he aceptado. Hoy me siento culpable, ajena a una amistad pura, como la tuya, que tantas veces he traicionado.

En esta ocasión te fallé, porque te mentí cuando te pedí ayuda en mi última carta. Tú, tan generoso, me transferiste el dinero para tomar un vuelo que me hubiese permitido regresar. Junto a ti hubiese encontrado mi ansiado descanso. Sin embargo, preferí gastar tu dinero en coca, en otras drogas, en un festival que no pude disfrutar, y en unos tíos que sí disfrutaron, poseyendo, despreciando al mismo tiempo, lo poco que queda de mí.

Tampoco finalicé las gestiones que completaban las que tú iniciaste en la embajada, para solucionar cuanto antes mi irregularidad aquí. Fue más fácil dejarme llevar por el hedonismo, la desidia, la perdición. No voy a volver. No sé qué decirte, no encuentro palabras para pedirte perdón sin prostituirlas en mi boca, sin herirlas de muerte al intentar hablar contigo. Te he engañado, para seguir destrozándome. Me embarga la tristeza de descubrir que he preferido dejarme mecer por los efectos de las drogas ante que buscar refugio en tus brazos.

Terminé en un hospital. Alguien debió llamar a la policía para avisarle que una mujer joven gritaba angustiada entre restos de basura, corolario de mi enfrentamiento con los contenedores. Por lo visto, no recuerdo más, parece que me lancé contra esos contenedores, acusándolos de ser gigantes impuestos por el mal, que obstaculizaban mi sendero. Ojala hubiese pintado una senda de amor, como Don Quijote. En mi caso, debió ser algo más prosaico. Sentí el ataque de la bolsa de basura con la que tropecé antes de iniciar mi cruzada contra esos enemigos imaginarios.

La policía ha iniciado los trámites para deportarme. Estoy en casa de Mario esperando el día de mi expulsión. Ros está de camino para darme el último apoyo posible, sin ser capaz de comprender cómo su amor puede soportar tanto desprecio por mi parte. Siento miedo por irme, por regresar, por no saber qué encontraré.

Me siento desarraigada, desterrada... extinguida.

Me tengo que marchar, *septiembre de 2019*

Tengo fecha. Nunca podré agradecer lo suficiente a las personas que han sido capaces de ver en mí algo por lo que luchar, incluso más que yo. Mario llamó a Ros para que viniese a Montevideo. Lo entiendo, la situación le superó cuando me vio aparecer en casa con unos policías, que le explicaron que alguien debía hacerse responsable de mí o, de lo contrario, me internarían en un centro especial, recluida. No lo dudó, se ofreció a cuidar de mí, pensando que ya había sufrido demasiado para tener que pasar ahora por un internamiento. Ha buscado refuerzos, se sentía incapaz de controlarme. Ni siquiera yo misma soy capaz.

¡Ros!

Faltó ese instante de lucidez que me hubiese mostrado a un ser tan maravilloso junto a mí, y me empujara a sus brazos. Una persona ajena a lo que supone el reproche, sin utilizar el "ya te lo dije". Un ser especial. No estuve atenta, me preocupaba buscar una libertad carente de sentido, sin significado ni contenidos, que he ansiado alcanzar, que ha sido la que me ha atrapado en esta celda, que he construido con mi propia existencia.

Por aquí anda, asegurándose que no me descontrolo en la toma de medicamentos. Creo que me han prescrito todo lo existente en la farmacopea uruguaya. Puedes estar tranquilo, Javier, les hago caso, tomo mis pastillas con regularidad, llevo días sin consumir nada. Es cierto que el mono que he pasado ha sido demoledor. Creo, no obstante, que podré volver a recuperar una estabilidad emocional que no conocía. Es cierto que esta mañana me miraba al espejo y volví a ver el reflejo de alguien desconocido. ¿Dónde está la María positiva, optimista, con ganas de vivir, aunque fuera una vida vacía?

¿Sabes a quién vi? Observé una persona que había tocado fondo, con los soportes destruidos, sin un motivo evidente para comenzar a reconstruirse o, al menos, recobrar la autonomía que permitiese valerse por sí misma. Me falta el respeto suficiente para intentar reconocerme, sin desviar la mirada hacia otro lado. Apenas puedo sostener la mirada unos segundos. Si no me respeto, no podré ser respetada por nadie. Y lo peor, ¿crees que alguien podrá quererme más allá de la compasión de ver cómo he ido desandando lo creado?

¿Tú podrías quererme, Javier?

Sigo sin confiar en mí. ¿Sabes? No creo que sea capaz de abandonar el consumo de drogas. Siento decírtelo así, no te voy a engañar más, no quiero marcharme mintiendo. De hecho lo lograré, no será con procedimientos habituales. Tendrá que ser asumiendo decisiones definitivas.

Por eso te estoy explicando que debo marcharme de aquí, hacerlo ya.

No esperes de mí seguridades imposibles, cambios de actitudes negativas. No, simplemente me siento cobarde, asustada, muy pequeña con lo sucedido. Ahora escribo con esta aparente serenidad. Con la claridad de poder cumplir mi objetivo, de abandonar Montevideo, pero me pareció justo que supieras cuál ha sido mi devenir en los últimos tiempos.

Pedirte perdón. Es lo único que puedo ofrecerte, la necesidad egoísta de que perdones a esta mujer inmadura que no ha sabido enfrentarse a la vida. No voy a pedirte disculpas por engañarte la última vez y dilapidar el dinero que me enviaste.

Actué como lo hace un drogadicto cuando está perdido y ese era mi caso. Hice lo que tenía que hacer, sabiendo que no fue lo correcto.

Hoy imploro tu perdón por dos cosas esenciales. La primera, por haber dejado que mi soberbia aniquilara la humildad necesaria para comprender que lo que me dijiste, desde el primer día, era para ayudarme. Lo sabía, es ahora cuando lo veo con claridad, porque nunca me gustó que estuvieras en contra de mis decisiones, aunque me condujeran por un continuo errar, que me ha llevado ante un muro imposible de franquear, ante el final de una vida que quise fabricarme, sostenida por pilares de barros que se han desmoronado por completo.

La segunda, no haber intentado quedarme acunada entre tus brazos, y haber elegido escapar cada vez que procurabas reconstruir mi alma, una y otra vez. El miedo es libre y me ha acompañado. Fue una simple fantasía, de una adolescente inmadura, a la que tú quisiste enseñar a crecer como mujer, aunque se resistiese. Debí haberme aferrado a alguno de tus abrazos. Ahora lo sé.

Tarde.

—Ha habido dos personas en mi vida que me han hecho estremecer cuando me han abrazado —confesaba a Ros mientras me acomodaba en el sofá, en el que llevábamos horas sumergidas en la conversación más profunda que habíamos tenido nunca—. Una es Javier, la otra tú.

—Me satisface pensar que he tenido tanta importancia en tu vida, quizás si yo…

—No —interrumpí—. Si alguien es responsable del mal hecho, de no saber apreciar el amor que me regalasteis, soy yo, que nunca he dejado que os aproximarais a mi alma.

—Te has escondido detrás de tu cuerpo para no dejarte amar.

—Sí, puede ser una buena descripción. He sido la mujer a la que con más facilidad se podía acceder si se trataba de disfrute animal, salvaje, del sexo sin cariño. Eso sí, nunca dejé que nadie pudiera alcanzar la orilla de mi alma. Sería por miedo.

—¿Miedo a qué, María? —Preguntó, acariciándome la mejilla.

—Precisamente a esto —respondí mientras alejaba su mano—, a que pudieran amarme y no saber qué hacer en ese instante.

—Solo amar —acompañó esas palabras con unas primeras lágrimas.

—¡Eres preciosa! —Sonreí, recordando otros momentos.

—¿Por qué sonríes así, tan bonito?

—Porque eres parecida a Javier, me dices cosas similares, me queréis de una manera idéntica, pero no os presté atención —cambié la sonrisa por una expresión de tristeza que reflejaba mi alma llorando, sin poder ausentarse como en cada ocasión que ha tenido miedo—. En una de las cartas que le envíe a Javier, le hablaba de que no sabía amar. Ese desconocimiento es el que me ha arrastrado hasta aquí.

Fue una conversación preciosa. Ros me ama, es probable que me ame siempre, pero cuando estoy con ella me siento peor persona. Siento que la traiciono haciéndole ver cambios en mí que ya no se van a producir. Sé que ella quedará huérfana del amor que nunca le di, recordará el sexo que compartimos, bonito, excitante y diferente, también egoísta, sucio e interesado. Amor, que ella aceptó a pesar de tener que llorar penas en forma de noches sin dormir, procurando ahuyentar los fantasmas de excesos, en los que se entregó a todo lo que le permitía establecer una unión más grande conmigo. Ros respetó mi decisión, lo que me permitió estar más tranquila, sin comprometerme.

¡Compromiso!

—Perdóname Ros.

—No sé a qué viene pedir perdón ahora.

—Sí lo sabes. Te pido perdón por no haberme atrevido a amarte, por haber huido cuando tú te acercabas, por haber sido tan cobarde para esconderme detrás de tipos, que te hicieron daño por mi culpa.

—Quiero que sepas algo, María —se aproximó con su mirada triste, cargada de la humedad de las lágrimas que aparecían cuando estaba conmigo. Me besó con la levedad que solo sabe besar la brisa del mar, que surge desde lo más profundo—. Nunca me arrepentiré de haber hecho algo por ti, ni siquiera en esos momentos en los que no debimos dar determinados pasos. Por ti hubiese entregado mi vida.

—Vuelve a besarme, por favor.

Rompimos la levedad de ese instante y convertimos el siguiente beso en la unión de dos personas que se aman, que saben que es probable que estén ante el último suspiro, que se debaten entre la fragilidad y fortaleza de un beso que unía las orillas de dos almas, huidiza la mía, entregada la suya.

—Me tengo que marchar.

No me refería solo a volver a mi cuarto, a llorar lo imposible, sino a comprender por qué la vida me había hecho tomar caminos que sabía vetados para mí, de manera definitiva, a creer en un final que ya no podía ser de otra forma. Me abracé a la almohada y me di cuenta que no lo había hecho en mucho tiempo. Quizás, desde que inicié esta senda de destrucción. La estrujé entre mis piernas y me excité, tanto que dejé que el placer regresara. Volvió, fue diferente a otras ocasiones. Tanto, que no pude reprimir gemidos que arrastraban un llanto continúo. Fue un momento precioso y muy triste. Os imaginé, a Ros y a ti, porque nadie más cabe en la vida que ya no será, pero que fue la única que hubiese alcanzado el significado necesario para poder volver a mirar aquellos amaneceres, en aquellos instantes en los que huí de tus abrazos, como he hecho con los de ella.

Después hice lo último que deseaba hacer. Escribir.
Toda la noche la pasé escribiendo,
ahuyentando fantasmas, dejándome sucumbir
ante la nueva alternativa a esto de vivir,
alejada por completo de la realidad, muriendo.
Me despedía como nunca lo había hecho,
sabía que todo estaba perdido,
por eso no quise dejar nada por sabido,
demostraos mi amor, aquí en mi lecho.
La ausencia es terrible,
soy incapaz de hacerle frente,
buscaba dentro de mí el amor imposible,
por eso, ahora, para siempre cruzo el puente.

Eso fue hace unos días. Pasé toda la noche escribiendo, cartas y poesías, intentando organizar lo necesario antes de partir. Rompí lo que no tenía sentido y dejé lo que, de alguna forma, podía suponer un cierre adecuado de aquello que me había hecho llegar hasta aquí. De esa noche seleccioné ese poema, porque aun no siendo de la calidad literaria que me hubiese gustado, son doce versos que hablan de lo que necesitaba confesar.

Transmitirte mis últimas palabras.

Ya ha quedado todo escrito y dicho. Ahora que me tengo que marchar empiezo a sentir cierta serenidad, pequeña, pero me invade una paz olvidada. Una vez, pensando en ti, llegué a la conclusión de que tú y yo estábamos hechos de recuerdos, que justificaban nuestras ausencias, que servían de excusas para buscarnos con pasión. Sin embargo, los recuerdos se mantienen firmes en el aire que compartimos, en el que nos hemos ido encontrando.

Será en otro momento, quién sabe si más allá de esta vida, pero ahora, definitivamente, cruzo el puente.

Una carta más, *octubre de 2019*

Sé que me conoces a través de las distintas cartas que te escribió María, en las que te habló de mí. Disculpa si he tardado demasiado tiempo en escribirte, me he dedicado a recoger y reunir los minúsculos pedazos en los que quedó mi alma cuando María se suicidó. He intentado encajarlos, pero no logro que ocupen su lugar correspondiente. Sigo arrastrándome, más que caminando, y consideré que te debía esta carta, que al fin he conseguido escribir. He realizado un gran esfuerzo al crearla, estoy convencida de que puede ayudarte a cerrar un círculo que, supongo por lo que sé de ti a través de sus cartas, que quizás necesites completar.

Lo primero que quiero es pedirte disculpas por haber leído todas las cartas que enviaste a María, por conocerlas, por haber comprendido muchas cosas después de leerlas una y otra vez. Si vieras con cuanto cariño guardaba las fotos de tus cartas y las suyas. Las unía y las dejaba en una carpeta de su teléfono a la que puso de nombre Amor.

Cuando avances en la lectura de esta, comprenderás por qué soy, de alguna forma, la notaria de ese tesoro. Siento haber profanado vuestra intimidad, si bien te reconozco que me ha alegrado hacerlo. Ignoraba la intensidad de vuestra relación, me he sentido reflejada en vuestro caminar, en muchas ocasiones, no solo cuando me nombrabais. Sin saberlo, necesitaba esas cartas para seguir viviendo.

Lo segundo, decirte que ambos hemos perdido a alguien importante en nuestra vida. María me enseñó a mostrarme asertiva, diría que hasta descarada, y me voy a permitir serlo también contigo, porque aún sin conocernos, sé mucho de ti. Descarada para decirte que ambos hemos perdido a quien hemos amado hasta el final. De hecho, ya no podré dejar de amarla. ¿Y tú?

La pérdida ha sido tremenda, el dramatismo de su marcha ahondó más en el abismo que ha dejado en mi corazón. La forma en que decidió marcharse complicó cualquier intento de superar esta situación. Me acompañará su pérdida, imagino que también te sucederá a ti. Con todo, intento cauterizar la herida para que no siga infectando mi alma.

Necesito que sepas que Mario y yo estuvimos a su lado cada instante. Aquella madrugada, después de asegurarnos que estaba durmiendo, María se despertó, llenó la bañera de agua y se cortó las venas, muriendo desangrada. No pudimos evitarlo, no hemos podido dejar de sentir la culpa por no impedir que se marchara la noche antes de tomar el avión para España.

Supongo que además de ofrecerle mi amor me faltaron cosas por hacer, ignoro cuáles, es evidente que no supe tocarle el corazón, ni su alma, ese lugar recóndito de su ser, que permitiera derrumbar las barreras que anteponía a su propia felicidad. Te juro, Javier, que lo intenté todo. Sé que eres consciente de ello porque en alguna carta María te contó hasta dónde fui capaz de llegar por ella. Aún así, sigo pensando que podía haber hecho algo más. Es curiosa esta vida que hace repetir situaciones en forma de cadena de comportamientos sinérgicos que, al final, nos llevan a los mismos lugares. Así he perdido la senda, que dirías tú, y espero que no se convierta en un camino de destrucción, como fue el de ella.

Eso ahora no es relevante. El principal motivo de esta carta es que puedas cerrar tu propio círculo, que puedas comprender la totalidad de María para, después, seguir caminando con serenidad. Tengo todas tus cartas, tus respuestas a las suyas, y tengo su última carta, la que te dedicó antes de suicidarse. Después de haberla leído solo puedo esperar que nuestras vidas se crucen en algún momento.

Adiós Javier

Este es el momento de marcharme, justo unas horas antes de que vengan a por mí con los documentos para mi deportación. No hemos llegado a tiempo, Javier. Te expliqué en mi última carta, y en otras anteriores, que me dejé llevar por decisiones que significaron el final de una senda para emprender el definitivo viaje hacia ninguna parte.

En el último año me he sentido sucia, ignorante, usada, maltratada, vejada, sola. La culpa fue de quien te escribe. Sería más fácil acordarme ahora de personas que me hicieron daño. Mala gente, sí, a la que yo dejé que me lo hicieran sin saber cómo afrontar la necesidad de crecer, prefiriendo excusarme en las maldades de los demás. ¿Acaso yo fui menos mala que ellos cuando, por ejemplo, dejé que humillaran a Ros delante de mis ojos? ¿Acaso yo he sido mejor persona cuando he utilizado a los tíos que me facilitaban la droga que deseaba? ¿Acaso no soy la culpable de no dejarme amar?

Yo que nunca he hablado de amor, y cuando lo he hecho ha sido desde la distancia, con miedo, sin capacidad para aceptar compromisos, ahora todo lo reduzco a ese sentimiento. Te quiero pedir perdón por no haber sabido amarte, por no haberme dejado arrastrar a tus abrazos hasta un lugar en el que pudiera, al fin, alcanzar tus besos, esos que en alguna ocasión se quedaron en la comisura de mis labios, de los tuyos. Ahora, desde la más absoluta cobardía, puedo decirte las veces que te he imaginado besándome, acariciando mi cuerpo, sintiendo cómo penetrabas en mi ser. Las veces, en definitiva, que me he masturbado haciéndote, y haciéndome, el amor.

Siempre fui consciente del deseo que sentía hacia ti. Nunca quise cruzar ese camino. Creo que me hubiese resultado fácil seducirte. No sé si tú te hubieses dejado, quizás sí, pero podría haberlo intentado. Nunca quise hacerlo, porque no me habría perdonado transformar mi amor por ti en uno de mis penosos encuentros sexuales. En un polvo más. Tampoco era capaz de dar el siguiente paso, el de amarte y dejar que nuestros cuerpos se hubiesen conocido como tanto deseaban.

Cuando logré viajar con mi cuerpo sutil, di un paso más. Cada vez que algún tipo de los que se cruzaban en mi vida me follaba, yo lograba verte a ti haciéndome el amor, cada vez que me lo hacían con excesiva fuerza yo contemplaba el cariño con el que te movías dentro de mí, cada vez que me decían palabras soeces yo escuchaba tus palabras de amor, tu dulzura, tu cuidado. Amándote fui capaz de transformar ese sexo sucio en el amor sutil con el que alcanzaba la felicidad.

Fue muy tarde.

No quiero que creas que me marcho por no haber sido capaz de llegar a amarte como hubiese deseado. Son un cúmulo de situaciones, sentimientos y emociones las que me han llevado a decidir lo que es mejor. Sin duda, sentirme y actuar como puta, ser vejada en tantas ocasiones, dejar que las drogas hayan acabado con mi libertad, no ser capaz de ver un futuro más allá de un presente perverso, incierto, en muchas ocasiones sin sentido, son razones suficientes para irme a otra vida, en la que ojala tu magia pueda, algún día, llegar donde yo pueda encontrarme.

Me marcho esta madrugada, quedáis vosotros y sé que, al igual que hice en vida, ahora os dejaré el alma con un equipaje cargado de dolor. Ni desee entonces haceros daño, ni lo quiero ahora, tampoco sé cómo proceder sin volver a hacerlo mal. Te diré una cosa, Javier, no cambies tu manera de estar en el mundo, sigue luchando contra la injusticia que nos rodea, transmite la coherencia que has mantenido en alto, como si de una bandera ondeando se tratara. Ayuda, tal como tú sabes hacer, porque incluso a personas que, como yo, no se han dejado, has sido capaz de regalarle los instantes de felicidad más bonitos que hayan podido existir en mi vida, sin saberlo ni ser consciente de ello, porque siempre emerge algo mágico en tu ser.

Esa magia es la que me gustaría solicitarte justo en este momento. Es egoísta por mi parte marcharme y pedirte algo. De alguna forma parece que te obligo más. Sí es egoísta, creo que debo serlo porque me gustaría pedirte que utilizaras tu magia con Ros. Ella ha sido la otra persona a la que he amado. No he amado a nadie de esta forma, ni siquiera a Miguel. Ahora lo he comprendido. A ella, que la saqué de su timidez, de su solitaria presencia en aquel piso de José Ignacio, la transformé en un ser inquieto, con ganas de mostrar sus mejores sentimientos, de los cuales volví a huir. Cuando pienso cómo la arrastré por el barro de Montevideo no me lo perdono, pero si de algo sirvió fue para hacerme más consciente del amor que ha sentido por mí. En aquella larga conversación, de la que te reproduje una pequeña parte, siguió mostrándome tanto cariño que me abrumó. No sabía que el ser humano pudiera llegar a querer tanto, como es capaz de hacerlo Ros. Ahora, la dejaré en el abismo, llevándome el sabor de su último beso, el que me hubiese gustado compartir contigo.

¿Qué magia te solicito que hagas? Me gustaría que contactaras con ella, y si te deja, que le ayudaras a diseñar su senda. Estoy convencida que, si le propones ideas sobre cómo caminar a partir de ahora, a diferencia de mí, Ros te escuchará y aprenderá a caminar segura contigo. Y tú aprenderás de ella. Seguro que lo necesitarás menos, pero aprecia la capacidad de entrega de Ros, no habrás visto nada igual. Lo mismo sois capaces de amaros también vosotros y, al fin, poder compartirnos en ese último beso.

Ahora, ¡qué tarde verdad!, puedo utilizar la palabra amor sin miedo, la imagino en vuestros labios, sintiendo la gran tristeza que me invade y que arrastra cada una de mis lágrimas. Me queda el tiempo justo para decirte que me arrepiento de no haber pronunciado las dos palabras que hubiesen podido cambiar el sentido de nuestra existencia. Nunca podrás imaginar cómo lamento decirlas tan tarde, pero me queda la paz de saber que las dos últimas palabras que escribiré y que pronunciaré en un susurro serán…

Te amo

Epílogo, *junio de 2020*

¿En qué te fallé María? ¿Por qué no estuve atento a la brecha que había existido entre nosotros? ¿De verdad llegué a ser tu amigo en algún momento? ¿Imaginas cómo recuerdo tu último abrazo, cada noche al acostarme, cada amanecer, en cada momento de mi existencia?

Estas preguntas me acompañan desde la partida de María. No he superado el impacto, la tristeza y la pena que se apropiaron de mí cuando aconteció aquel desastre. Los primeros meses preferí desaparecer, hacerme pequeño y dedicarme a pensar en lo que ya no tenía sentido. Aquellas preguntas, acompañadas de lamentos, lágrimas y excusas, hicieron que algo en mí se removiera. No fue un simple movimiento, sino la brusquedad de mis sentimientos intentando ordenarse con algún sentido que no encontraban.

Intuí que..., como me dijo en esa carta donde escribió los versos de aquella canción, ¿sería yo la pared en la que buscaba refugio y que no le escuchaba? No abandonaré esta vida sin saber la respuesta. Fue una promesa que me hice, que le hice y que supuso el cambio definitivo.

Aproveché el siguiente verano para que esa búsqueda fuese más sencilla de gestionar. Yo quería dar un paso más, contacté con Ros, cumpliendo el deseo de María. Tuvimos infinidad de conversaciones a través de diferentes medios hasta que aquel encuentro por Skype hizo girar mi vida otra vez.

—Lo he logrado Ros, el mes próximo viajo a Montevideo.

—¡Qué alegría, Javier!

—Sí, sabes que necesito estar allí, conocerte en persona, respirar el aire que inhaló María antes de marcharse…

—¿Qué sucede? —Preguntó al ver que me detenía al hablar.

—Necesito llorarla allí, junto al Faro de José Ignacio, en la rambla de Montevideo, conocer los lugares en los que ella estuvo para cerrar bien esta herida.

—¿Te hará bien?

—Sufriré, pero ante la pérdida de mis seres queridos siempre he necesitado hacerlo así. De esta forma puedo volver a caminar por mi vida. La que fui abandonando desde aquel maldito día.

—¡Qué bien que vengas! ¿Cómo lo has organizado?

—Ya tengo la concesión del año sabático en mi Universidad, y mi vinculación para trabajar en algunos proyectos con la Universidad Católica de Uruguay. Verónica, la profesora de la que te hablé, me ha facilitado la labor. Así he podido acelerar más los requisitos necesarios.

—¿Estarás en Montevideo?

—No, quería darte una sorpresa. Voy a estar en una casa que ella tiene en Punta Piedras.

—¡Eso es fantástico! Estaremos a menos de 20 kilómetros. Hay autobuses directos.

—Me deja su casa, porque ella apenas la utiliza algunos días en época de vacaciones, por lo que podremos vernos con asiduidad si tú quieres.

—¡Claro! Ya estoy deseando tenerte aquí y poder compartir tantas cosas —hizo una pausa—. Has logrado que hoy haya sido la primera vez que me sienta feliz desde entonces… —No pudo evitarlo y comenzó a llorar.

Necesitaba ir allí y poder cerrar mi duelo, dejar que la herida, enorme, cicatrizara, seguir con mi vida, caminando como mejor supiera a partir de ese momento. Los contactos que había realizado años atrás me ayudaron. Pude tomar aquella decisión, muy a menudo acompañado de Ros, que comprendió que esa manera de cerrar un duelo tan largo como el que estábamos viviendo nosotros, sería la mejor opción para intentar acercarnos, aunque fuera un poco, a la felicidad que, durante dos años, estuvo buscando María, sin encontrarla.

A la felicidad que arrancó de mí, extirpando cualquier intento de buscar razones que me hicieran estar bien. De hecho, después de esa conversación sonreí por primera vez después de mucho tiempo. Quizás me lo debía, o se lo debía a María. Ya tendría tiempo de descubrirlo cuando estuviese allí, cuando José Ignacio y Montevideo formasen parte de mi vida para siempre.

Agradecimientos

Es el momento en el que tomas consciencia que la aventura ha finalizado, y que ahora toca a los lectores decidir qué le transmite la novela que tienen en sus manos. Esa es la sensación cuando deseas agradecer a quien ha estado en este proceso. El instante en el que separada de ti, la novela adquiere vida propia y no te pertenece, porque es de los lectores, pero sobre todo de quienes hicieron posible que *Cartas desde el abismo* sea una realidad.

Me siento muy agradecido con:

Uruguay, el país al que trasladé la historia que constituye la novela. Estaré siempre unido a sus ciudades, José Ignacio y Montevideo, que acogieron a María, la protagonista, sin ningún tipo de reparo, comprendiendo en todo momento que su libertad hacía necesaria la búsqueda de un lugar maravilloso, como así resultó.

María, el personaje que convirtió en ficción la realidad en la que basé no solo el argumento de esta novela, sino otros escritos que caminan por ahí buscando su lugar en un futuro cercano. Gracias por dejarme convivir entre lo onírico y lo tangible sin que fuera capaz de diferenciar ambas dimensiones en muchas ocasiones.

Verónica, uruguaya, profesora, amiga y excepcional buena persona. Vero, hiciste un prólogo donde plasmaste no solo lo que cuenta la novela, sino que al enamorarte de ella lograste mostrar lo que Uruguay, María y un servidor somos y creamos desde que nos conocimos.

Ana, mi hada, el ser que sabe estar y ser en cada instante de mi vida. Ahora el sentido de las cosas es hacer senda a tu lado. Y, ya ves, de nuevo la seguimos haciendo en este mundo mágico que nos ha unido para siempre.

Eva y Javi, sabéis que vuestra existencia es la condición sin la cual todo lo demás deja de tener sentido. Gracias por permitir que las locuras de vuestro padre adquieran significados que van más allá de esta vida.

Eva, conoces cómo se fraguó esta novela, las vueltas que hubo que dar para que todo tuviera sentido, y como siempre me guiaste desde allí, desde donde te busco y encuentro hace ya más de ocho años. Más allá eres tú.

Sí, así me siento de agradecido, y al recordar personas, lugares y hasta personajes comprendo que la esencia de lo que se hace es si ellos están. A partir de ahí, aparecen esos otros seres que materializan lo que es un sueño, por eso contar con amigos que te leen, te sufren y te asesoran es el mayor tesoro. Fran Ortín, Carlos Hernández, Carlos Masip, Isa Portero e Isa López, vosotros sois los mejores compañeros de viaje.

Y, al final de esta etapa, y el inicio de la siguiente, poder contar con un editor como Juan Triviño garantiza que el resultado final sea algo tan bonito como lo que ha hecho el equipo de Noubooks. Ir de tu mano resulta esencial para esta historia.

"Esta obra, con el título "Una senda de drogas y destrucción" fue finalista del I Premio de las Letras Murcianas, 2018"

www.ingramcontent.com/pod-product-compliance
Ingram Content Group UK Ltd.
Pitfield, Milton Keynes, MK11 3LW, UK
UKHW021934200726
13853UKWH00011B/2107

9 788412 346374